KEITAI
SHOUSETSU
BUNKO
野いちご SINCE 2009

新装版 またね。
～もう会えなくても、君との恋を忘れない～
な あ

○ STARTS
スターツ出版株式会社

イラスト／山科ティナ

"またね"
　　それは　君と私の合言葉
　　君のすべてを愛してた
　　絶対に忘れないよ

"また、会えるよね……？"
　　叶わないとわかっていても　あきらめられなかった
　　結ばれないとわかっていても　離れられなかった
　　どんなことをしてでも　私だけを見てほしかった
　　ずっとずっと　そばにいたかった

"またね"
　　次に繋がるその言葉を　ずっとずっと聞かせてほしかった
　　君さえいてくれれば　他になにもいらなかった

　　感動的な純愛物語なんかじゃない
　　決して綺麗じゃないけれど
　　誇れるような恋じゃないけれど…
　　私にとって　一世一代の恋でした

contents.

第1章
始まり

あの頃の私は　いつもどこか満たされなかった
モヤモヤして　いつも反抗的で　ひねくれていて
そのくせ臆病<rt>おくびょう</rt>で

反抗期や思春期と言ってしまえばそれまでだけれど
いつもなにかを求めていた気がする
私を満たしてくれるなにか　夢中になれるなにか
どんどん大人の階段をのぼっていくみんなに
取り残されたような気持ちになって
焦<rt>あせ</rt>って　どんどん殻<rt>から</rt>に閉じこもっていった
そんな時に出会ったのが君でした

出会い

　夏休み前まではわいわいと賑やかだったこの教室も、あっという間に受験一色になっていた。

　ただでさえ雪国では貴重な短い夏だというのに、夏休みが終わると同時に早くも終わりを迎えてしまったらしい。別に夏が好きなわけではないのに、終わると無性に寂しくなってしまうのはどうしてだろう。

「ねぇ菜摘。髪、黒くしなよ。もうすぐ受験なんだから」

　昼休み。いつも行動をともにする伊織が、トイレの鏡の前で、色素の薄いショートカットの髪をコームで丁寧にとかしながら言った。優等生らしい注意だ。

　私より10センチも背の高い伊織を見上げ、受験生とは思えないほどに明るく染まった髪を自分でつまんでみる。

　長期連休明けは、休み中に羽目を外して染めた髪色のまま登校してくる子で溢れるのが毎年恒例だったのに、もうこんな髪色なのは学年で私だけだった。

「うん。願書の写真撮る時に黒スプレーで染める」

　同じ3年生の子たちは、初めて迎える受験に向けて期待と不安を抱えながら猛勉強中だというのに、私には危機感なんてまったくなかった。

　私が受験する予定の高校は、志望校に合格できなかった人、そして悲惨な成績や内申のおかげで他に行ける高校がない人が集まるような、近辺で一番レベルの低い私立高校

だから。

　バカ高だのヤンキー高だのと呼ばれ、決して評判がいいとは言えないところだけど、とりあえず〝高校生〟になれるならなんでもいい。勉強が大の苦手な私にとって、その高校はもってこいだった。

「私立行くって言ってるじゃん。だから別に内申とかどうでもいいし」

「バカ。確かに名前書けば入れるようなとこだけどさ。菜摘にはあんな高校似合わないよ」

　伊織の大きな二重(ふたえ)の目は、とてもまっすぐに私をとらえた。

　コームを小花柄のポーチにしまい、代わりにフルーツ系のリップを取り出す。丁寧にそれを塗(ぬ)る伊織は、誰もが認める学年一の優等生だ。

　テストの成績は常に首位をキープしていて、1年生の頃から生徒会に入っていて、2年生の後期からは会長を務めている。おまけに美人で女の子らしくて人望も厚くて、まさに才色兼備(さいしょくけんび)。

　これは親友としての過大評価じゃなく、伊織のことを知っている誰もが口をそろえてそう言うだろう。

　その点、私はというと、生意気で規則に縛(しば)られることを嫌う性格のせいか、学年一の問題児、なんて言われる始末。

　かといって、別に不良なわけではない。ここは田舎(いなか)の平凡(ぼん)な中学校で、それなりにある決して厳しくはない校則を守っていないだけ。

　好きな格好をしていたら怒られて、それでも直さない私を先生たちは問題児だと言う。ただそれだけの話。

「菜摘はやればできる子なんだから。気持ちの問題じゃん」

　気持ちの問題、ね。

「……うん。まあ、気が向いたらね」

　その〝気持ち〟はどこから湧いてくるんだろう。

　伊織をはじめ仲のいい友達は、みんな将来の夢を持っていた。教師、看護師、保育士。まだ中学生だというのに、どうしてみんなそんなに立派な夢を抱けて、それに向かってひたむきに頑張れるんだろう。

　私には将来の夢なんてなかった。特技といえるほどの特技も、趣味といえるほどの趣味もなにもない。だから、行きたい高校なんてあるわけがなかった。

　廊下へ出てもその話は続いた。

　口うるさい伊織に反撃を開始しようとしたところで、

「そうだよ。私立行くなんて話違うじゃん」

と、教室のドアの前に立っていた隆志が言った。男の子にしては背が低くて可愛らしい、私の幼なじみ。

　小学校の頃からずっと同じクラスで、一緒にバカばっかりやってきた。伊織と同じく、ひねくれ者の私に付き合ってくれる大切な友達のひとり。

　いったいどの辺から聞いてたんだ。

　伊織に負けないくらい口うるさい隆志をスルーして、私の席である窓側の最後列へと歩いていく。椅子を引いて腰

をおろすと、隆志が続けた。

「一緒の高校行くって言っただろ」

　隆志の志望校は、市内では中間くらいの偏差値である南高。小学校からずっと一緒にいた隆志と、高校も同じところに行こうと約束したのは、たしか２年生になってすぐの頃だった。

　約束はもちろん覚えているし、その時は本気でそう思っていた。

　伊織は市外の進学校を志望しているから確実に離れるし、他の子たちもそれぞれの夢に向かって最短ルートとなる高校を志望している。そんな中で隆志と同じ高校に進学できたら私だって嬉しいし安心する。

　でも、テストの順位が学年でほぼ最下位の私にとって、そんな普通レベルの公立高校ですら合格は危ういのだ。

「だって、入れるかわかんないし」

「わかんないから頑張るんだよ」

「そうだよ。あたし勉強教えるし、一緒に頑張ろうよ」

　ふたりに圧倒されて少し怯んでしまう。私の進路だというのに、どうしてこんなに張りきっているのか。

　前向きになんてなれない私にとって、ふたりは——周りのみんなは、とても眩しい存在だった。

「頑張ろうね」

　伊織が私の肩に手を乗せる。

　いつまでも将来を見据えられないのは、子供なのは、もう私だけなのかな。

　隆志なんて中学校に入った頃までは私より背が低かったのに、今はもう見上げるくらいになっていて、なんだか取り残された気分になる。

「来月、南高の体験入学あるから一緒に行くぞ」

「気が向いたらね」

「絶対向かないでしょ！　いいから行きなよ。隆志、ちゃんと連れてってね」

「わかったよもう……」

　ふたりの勢いに負け、渋々うなずいた。

＊＊＊

　9月下旬。まだ夏の暑さが残っていた上旬とは打って変わって、昼間でも少し肌寒い。

　約束通り、隆志に連れられて体験入学に参加した。今日は土曜日。休日に早起きなんて、低血圧で朝が大の苦手な私にとっては苦痛でしかない。

「ねぇ隆志、かっこいい人いるかなあ？」

　隆志がこぐ自転車の荷台に乗り、学ランの裾をぐいぐいと引っ張る。

「危ないって。お前、主旨が違うでしょ」

　それはわかっているけれど、休みの日まで勉強なんかしたくない。とにかくめんどうくさくてしょうがなかった私が見つけた、唯一楽しめる方法。

　それは〝かっこいい人を探す〟こと。

「いい人いたらいいな」

　隆志の背中に額をあて、そっとつぶやいた。

　秋風が私の横をすり抜ける。短くしたスカートから伸びた足にすっかり冷たくなった風があたり、膝がヒリヒリと痛む。

「新しい出会いだらけだもんね。きっといい人いるよ」

「そうだといいな」

　背中に額をあてたまま、小さく微笑んだ。

　見慣れた景色から離れてしばらくした頃、中学校とは比べ物にならないほど大きな建物が見えてきた。あの敷地内にうちの中学はいくつ入るんだろう。

「もうすぐ着くよ」

「ヤバ、リボンどこやったっけ」

「制服くらいちゃんと着とけよ。とりあえずスカート短すぎ」

「いちいちうるさいなあ」

　中学生の私にとって〝高校〟は未知の世界。高校生の自分なんて想像もつかない。

　——どんな人がいるんだろう。

　不安なんて微塵もない。期待だけに胸をふくらませ、私は未知の世界へと足を踏み入れた。

　初めてくる〝高校〟に戸惑っていると、部活で何度か来たことがあるらしい隆志が、体育館までスムーズに案内してくれた。

「それでは引率の先生に従い、校内を見学してください」

　寒い体育館に集合させられてから延々と続いていた、学校の方針だのなんだの無駄としか思えない長い説明がようやく終わった。

　壁側に並んでいた数人の教師たちが私たちの目の前に立ち、端から順番にいくつかのグループに分けていく。私たちのグループを担当するらしい先生に連れられて、簡単な説明を受けながら校内を見学していく。

　校内を歩きながらキョロキョロと見渡してみても、目に入るのは同じく体験入学に来た中学生ばかりで、高校生はいないようだった。

「ねぇ、高校生いなくない？　これじゃかっこいい人探せないよ」

　市内だけではなく各地域の中学から集まった数十人の団体は、みんなわいわいと校内見学を楽しんでいる。

　目的を失った私には、なにがそんなに楽しいのかもはや理解不能である。

「このあとの実習は２年生が教えてくれるらしいよ」

「ほんと？　やった！」

　微笑む隆志に満面の笑みで答えた。

　南高は普通科と専門科がある。隆志は普通科志望だから実習に興味はないようだけど、私はただブラブラと歩くより楽しそうだと思った。

　方向音痴な私にとっては複雑すぎるコースを歩き、昇降口へと繋がる階段をおりた。そして、本館から少し離れ

た場所にある、これまた大きな建物の中へと足を運ぶ。さすが専門科もあるだけに、とても公立とは思えない広さだ。

実習室の中には、作業着を着た男の先生と数人の高校生が待ち構えていた。いくつかの部品を組み合わせて、簡単な機械を組み立てる実習をするらしい。

説明を聞いた時はまったくもって意味不明だった実習も、実際にやりはじめると意外に楽しかった。

「山岸、ちょっとこっち手伝ってくれ！」

私のグループの様子を見に来た先生が言った。各テーブルには指導する高校生がひとりずつ配置されているものの、中学生から次々とくる質問にてんやわんやになっていた。どう考えても人手が足りない。

そんなやり取りを聞きながら、私は目を向けることなく黙々と作業を進めていた。かっこいい人を探す、という目的は、あまりに楽しい実習のおかげですっかり頭から抜けていた。むしろ今は邪魔されたくない。

「あれ？　先生、この子うまいじゃん」

頭上で声がした。

うまい？　なかなかいいこと言うじゃん、山岸。

「この実習できる子って珍しくない？　しかも女の子だし。才能あるね」

ずいぶんと大げさに褒められ、いったん手を止める。

褒め上手な人だなあ。どんな人なのかなんとなく気になって顔を上げた。

〝山岸〟と目が合う。

目が綺麗だと思った。

くっきり二重の大きな目に筋の通った高い鼻。アヒル口っていうのかな、口の両端がクイッと上がっていて、とても可愛らしい顔。

無造作にセットされたブラウンの短髪。背が高くて細身なのに、まくった袖から見える腕には、しっかりと筋肉がついていた。

私が漠然と思い描いていた〝かっこいい人〟のイメージそのものだった。

「うまいじゃん。これならうちの高校入っても大丈夫だ！」

そう言いながら無邪気に笑った彼は、私の頭をぐしゃぐしゃと少し乱暴になでた。

「あ……はい、どうも……」

あんなに張りきっていたくせに、緊張のせいでうまく返せない。

この感情をどう表現したらいいんだろう。自分の感情だというのに表現方法がまったくわからない。彼との出会いは、私にとってそれほど衝撃的だった。

〝ビビッときた〟なんてよく聞くけれど、もっと大きななにか。〝恋に落ちた〟なんて甘い言葉よりも、〝雷に打たれたような感覚〟と大げさに聞こえる表現の方がまだしっくりくるかもしれない。

目が合っただけで、私はもう釘づけだった。

聞こえるのは自分の激しい鼓動だけ。

まるで世界が止まったみたいだった。

〝山岸〞に不思議そうな顔で見られた時、やっと目をそらすことができた。

顔だけじゃなく、全身が熱い。きっと今、顔真っ赤だ。

こういうの、なんていうんだっけ。ひと目惚れっていうのかな……。

こんなことを言うのは、少し大げさかもしれない。

でも、運命さえ感じた。

「隆志、ヤバイ。超(ちょう)ヤバイです」

行きと同じく自転車の荷台にまたがり、隆志の学ランをしつこく引っ張りながら「ヤバイ」と何度も繰り返した。

太陽が真上にあるおかげで朝よりは暖(あたた)かいものの、風は冷たくて、やっぱり膝がヒリヒリする。

「菜摘んとこに来た人でしょ？　かっこよかったよね」

なんだ、バレてたのか。さすが隆志。

「なんでわかったの」

「いや、あからさまに動揺(どうよう)してたし、めっちゃ顔真っ赤だったよ。そりゃわかるって」

やっぱり。〝山岸〞にもバレてたかな……。

「……だって、ヤバかったんだもん」

引っ張る力を弱めて、口を尖(とが)らせながらうつむいた。

まだ少し顔がほてっている。

「連絡先とか聞けばよかったあ」

「んな余裕(よゆう)もタイミングもなかったじゃん」

図星をつかれて、言い訳(わけ)すら浮かばない。

「……まあ、そうだよね」

　坂道を下りきったところで赤信号に引っかかり、突然（とつぜん）止まった勢いで、私は隆志の背中に軽く頭突（ず）きをした。

　全然痛くもないのに、右手でおでこをさする。熱でも出たんじゃないかと思うほど熱い。

「まあ、この高校入ればまた会えるって。だから頑張ろうな！」

「……気が向いたらね」

「またまたー」

　前向きな隆志に照れ隠しは通用しないらしい。

　信号の色が変わると、少し髪が揺れた。

「今度こそ、まともな恋愛（れんあい）しなさい！」

　これは隆志の口癖（くちぐせ）。そのひと言だけで、たくさんの想いが伝わってくる。

　心配してくれてありがとう。

小さな奇跡（きせき）

「ああー、会いたいよー」

「わかったってば。1週間もずっと同じこと言わないで！」

　体験入学が終わってから早1週間が経とうとしていた。

　私はいまだ興奮（こうふん）を抑（おさ）えきれず、昼休みになると決まって〝山岸〟の話を伊織に繰り返し話していた。

「だって、ほんっとにヤバイくらい……」

「好みだったんでしょ？　わかったってば」

　伊織は毎日同じことを言い続ける私にだいぶ呆れ気味（あき）。まあ私が逆の立場なら、もっと早い段階でうんざりすると思う。

「あ。じゃあさ、今日の放課後にでも駅前のゲーセン行こうよ。あそこらへん高校生の溜（た）まり場だし、その人もいるかもしれないよ」

　つい今の今まで呆れ果てていたはずの伊織が、突然思いついたように興奮気味に言った。私が「かっこいい」と連発する男をひと目見てみたくなったらしい。

　そんな素敵すぎる提案に乗らないわけがなく、ふたつ返事でうなずいた。

　放課後になると、隆志も誘って3人でさっそくゲームセンターへ向かった。

　彼がいるかどうかもわからないのに。そんな都合よく会

えるわけがないし、いくら溜まり場といっても、高校生が
遊ぶ場所なんて他にもいくつかある。きっと会えない可能
性のほうが高い。

　でも会いたくてどうしようもなくて、ほんの小さな奇跡
に賭けるしかなかった。

　一瞬でも、ただの偶然でもなんでもいい。

　もう一度会いたい。

　目的地のゲーセンに到着すると、すぐに山岸探索を開始
する。

「菜摘、どう？　やっぱり高校生いっぱいいるね」

「うん……でも、いないみたい」

　隆志と一緒にあたりを見渡してみても、それらしき人は
見あたらない。とりあえず一周してみたけれど、やっぱり
彼はいなかった。

「いるわけないか……」

　そんな漫画や映画みたいな偶然、あるわけがない。

　そんなことはちゃんとわかっていた。

「わかんないよ、あとから来るかも。もうちょっと様子見
よう？」

　なんだかんだで優しい伊織が、大きな目を細めて微笑ん
だ。

「うん……ありがとね」

　プリクラを撮ったりＵＦＯキャッチャーをしたりしなが
ら待ち焦がれていても、その人が姿を現すことのないまま

時間だけが過ぎていく。

「菜摘、ごめん……あたしもう帰らなきゃ」

「え？　もうそんな時間？」

　ゲーセン内に設置されている時計を見ると、短い針は〝6〟を過ぎていた。次に窓の外へ目をやると、本格的に夜を迎えようとしていた。

　伊織の家は門限が厳しい。どうせ会えるわけがないのに、付き合わせちゃって悪かったな……。

「そっか、そうだよね。もう帰ろっか。付き合ってくれてありがと」

　そう言いながらもまだ期待して、店内を見渡してしまう自分がバカみたいだ。あきらめが悪いにもほどがある。

　気づかれないようにため息をつき、歩き出そうとした時だった。

　向かう先にある、出入口の透明のドアが両側に動く。そこに学ランを着た人が3人並んでいた。

　まん中の人——。

「あ……あっ、あの人！」

「えっ？」

「山岸、いた!!」

　——奇跡が起きたと、本気で思った。

「嘘！　いたの!?」

　伊織が私に耳打ちをする。それに答えるように何度も何度もうなずいた。隆志は「ありえない」とでも言いたそうに目を丸くしていた。

「あ、奥のほう行っちゃうよ！　早く追いかけなきゃ！」

　背中を伊織に押されて、硬直していた私は我に返る。

「……ちょ……ちょっと待っててっ」

　今しかチャンスはない。話しかけなきゃ。

　ありえないと思っていた、それでも期待せずにはいられなかった、小さな奇跡。このチャンスを逃すわけにはいかない。

　おそるおそる彼の後ろまで歩み寄る。

　大きく深呼吸をして、勇気と声を振り絞った。

「あの……、山岸……さん」

　声を振り絞ったはずなのに、私こんなに声小さかったっけと自分で驚くほど、かすれた声しか出なかった。

　心臓がドクンドクンと激しく波打って、少しでも刺激が加われば爆発しちゃいそう。

「えっ？　えっと……ごめん、誰だっけ？　なんで俺の名前……」

　振り向いた彼はすごく驚いて、大きな目をさらに見開いた。

　そりゃそうだ。知らない人から急に話しかけられたら、誰だって驚くに決まっている。

「あの、こないだ体験入学で……」

　ゲーセンに行くことが決まった瞬間から、もしも会えたらなにを言おう、なにを話そうと何度もシミュレーションを繰り返していたはずなのに、そんなものはすべて綺麗さっぱり吹き飛んでしまった。

　もう完全に混乱して、頭が真っ白で、どう説明したらいいのかまったくわからない。声を出したいのに、喉が声を通さないようにきゅっと閉じているみたい。

　彼は目の前でドギマギしている私をじっと見てから、ハッと目を丸めて言った。

「体験入学って……ああ、うまかった子だ！　よく俺のこと覚えてたね」

　──嘘。

　女の子なんてたくさんいたのに、覚えていてくれた。

「えっと……覚えててくれたんですか？」

　もう破裂寸前だというのに、鼓動はさらに速まる一方だ。

　緊張で声が、手が、身体が震えてしまう。目は自分でもわかるほど泳いでいるし、また顔が真っ赤になっているかもしれない。

　こんな自分は初めてだった。

「うん。だって本当にうまかったし、ひとりだけめっちゃ茶髪だったし」

　そういえばそうだ。〝茶髪のうまかった子〟っていうイメージは微妙だけど、それでもいいや。

　だって、彼──山岸さんが、覚えていてくれた。

「第一志望、うちの高校？」

「あ、はいっ」

「そっか。うちの高校、誰でも入れるから安心していいよ」

　丸くなっていた目を細めてにっこりと微笑んだ。

　笑うと少し幼くなって、もっと可愛い。

「待ってるからさ。じゃあ、またね」

　山岸さんは手を振りながら、友達と一緒に奥のほうへと歩いていった。

　ほんの数分だったけど、今、山岸さんと話したんだよね？

　一気にテンションが上がった私は、大急ぎで近くに待機している伊織と隆志のもとへ走った。

「ねぇどうしよう！　山岸さん、私のこと覚えててくれたよ！」

　勢いをゆるめることなく両手を開いてふたりに抱きつき、人目も気にせずピョンピョンと飛び跳ねた。

「すごいじゃん、よかったねぇ！　で、連絡先聞いた？」

「……あれ……忘れてた」

　話すことに必死だったから。

「意味ないじゃん」

　伊織の言う通りだ。せっかく会えたのに、こんなんじゃなんの意味もない。1ミリたりとも進展していない。

　また会いたい会いたいとうなだれる日々が続くだけだ。

「まあ偶然でも会えてよかったね。奇跡じゃん」

　──奇跡、か。

「そうだよね……」

　本当に会えるなんて夢みたいだった。まだ心臓がうるさい。それに、話しちゃったんだよね？

　でもきっと、〝奇跡〟って一度だけ。せっかくその奇跡が起きたのに、アッサリと無駄にしてしまった。

でも、山岸さん言ったんだ。

〝待ってるから〟って。

〝またね〟って。

たったひと言でさえ特別に感じてしまう。

〝また会えるよ〟って、言われたみたいだった。

二度目なら

　また会いたい会いたいとうなだれながら（伊織に呆れられながら）1週間が過ぎた。

　今日はクラスの友達数人で、受験勉強の気晴らという名目でカラオケへ来ている。私は受験勉強なんてまったくしていないから、気晴らしもなにもないのだけど。

「本当になあ。なんであそこで聞けないかなあ」

　今でも痛いところをついてくるふたり。ケラケラ笑う隆志の肩を力いっぱい叩く。

　大好きなカラオケに来ているというのに一曲たりとも歌う気になれないほど、1週間前の大きすぎる後悔に苛まれていた。

「冗談だって。高校入ったらまた会えるもんな」

　やっぱり、もう高校に入るまで山岸さんには会えないよね。その頃には私のことなんか忘れてるだろうな……。

「……うん。そうだよね」

〝またね〟

　笑顔で手を振る山岸さんが、この1週間ずっと頭から離れない。

　会えて本当に嬉しくて、声もうまく出なかったし、ちゃんと話せなかった。緊張で声が震えるなんて初めての経験で、話しかけることで精いっぱいだった。

　せっかく会えたのに、なにやってんだ私。

「あ、もう6時だよ。そろそろ出なきゃ」

　中学生に許された時間の終わりが迫り、みんな立ち上がってそそくさと帰る準備を始める。伊織に500円玉を渡し、「トイレ行ってくる」と伝えてひと足先に部屋を出た。

　ああ、また会いたいな。もう一度会えたなら、次こそは絶対に失敗しないのに。

　奇跡って2回も起きるのかな。いや、そもそも1週間前に会えたのは奇跡なんかじゃなく、ただの偶然だったのかもしれない。

　うだうだと後悔しながらトボトボ歩いていく。トイレの前にはフロントがあり、ちょうど学生フリータイムが終わる時間なので、会計待ちで長蛇の列になっていた。

　その中にまぎれている学ラン姿のふたり組は、背が高くてひときわ目立っている。

　高校生かな。南高の人かな。あれが山岸さんだったらいいのになあ……ともはや夢のような淡い期待を抱きつつぼうっと見ていた。奇跡みたいな偶然が何度も続くわけがないのに。

　その人の顔がハッキリと認識できる距離まで近づいた時、私はまた固まってしまった。

　ありえないと思った。信じられなかった。

　これも偶然なんだろうか。でも、そんなのどうだっていい。

　また会えるなんて――。

　ドクンドクンと激しく波打つ心臓に手をあてて、一歩ず
つ、少しずつ歩き進める。

　落ち着け。落ち着け――。

「山岸、さん……？」

　声をかけると、男ふたりが同時に振り向いた。

　そこにいたのは、まぎれもなく山岸さんだった。

　今度こそ心臓が破裂しちゃいそう。

　心臓が全身に広がったみたい。

　山岸さんは一瞬目を大きく開き、そして無邪気に笑った。

「実習の子じゃん。よく会うね」

　あの日と同じ笑顔。やっぱりかっこいい……。

「すごい偶然だよね。友達と来てんの？」

「はい！　あ、でももう出ますよ」

「そっかあ。そういや名前は？」

「菜摘です！　高山菜摘！」

　無駄に大声で自己紹介をした私に、山岸さんは「菜摘ね」
と小さく笑った。財布から500円玉を取り出して「俺の分」
と友達に渡すと、お会計の列から抜けて私に手招きをした。

　壁にもたれかかる山岸さんの隣に立って顔を見合わせ
る。

「もう出るんだよね？　菜摘って門限ある？」

　〝菜摘〟って。さっそく名前で呼んでくれるんだ。

　いつもみんなにそう呼ばれているはずなのに、なんだか

すごく新鮮で特別に感じた。名前で呼ばれるのがこんなに
嬉しいなんて知らなかった。

　たぶん、いや絶対、顔がゆるんでいる。だってこんなの
嬉しすぎる。

　あんなに会いたかった山岸さんと、今話してるんだ。名
前まで覚えてくれたし。

「門限ないですよ」

　なくはないんだけど。

「そっかあ。帰っても暇？」

「暇ですよ」

　こう聞いてくるってことは、もしかして誘おうとしてく
れてるのかな。私から誘うべきなのかな。それとも私の勘
違いで、単なる世間話なのかな。

　山岸さんと話したい。遊びたい。誘いたいのは山々なの
に、「遊んでください」っていうひと言が出てこない。

　本当に勘違いだったらどうしよう、断られらどうしよ
う。

　いつもなら簡単に言えるのに、私はいつからこんな内気
になったのか。

「今一緒にいた友達がバイト行っちゃうから、俺もこのあ
と暇なんだよね。よかったら俺の暇つぶしに付き合ってく
れる？」

　パッと顔を上げると、山岸さんはにっこりと微笑んでい
た。

　よかった。勘違いじゃなかった。

　ふたりでってことだよね？

　こんな順調に進んでいいの？　目の前で微笑んでいる人は、夢や幻《まぼろし》なんかじゃないよね？

　返事はとっくに決まってる。

「私でよければ！」

　たとえ暇つぶしだろうとなんだろうと、その相手に私を選んでくれたことが嬉しかった。理由はどうあれ、山岸さんと話せる。話せるんだ。

　この人のこと、もっと、ちゃんと知りたい。きっと、知れば知るほど、なにかが変わっていく気がするから。

「やった。じゃあ外で待ってるね」

「はい！」

　話し終えたところで、ちょうど山岸さんの友達がお会計を済ませたらしく、ふたりでカラオケから出ていった。

　そのあとすぐにフロントにきた伊織と隆志に報告する。私と同じくらい驚いて信じられないと言っていたけれど、満面の笑みで応援《おうえん》してくれた。

　外へ出ると、カラオケのすぐ近くにあるコンビニの前に山岸さんが立っていた。友達はもうバイトに行ったようで、山岸さんはひとりだった。

「寒かったですか？　ごめんなさい」

　白い息を吐きながら、両ポケットに手を入れている。学ランの中にシャツしか着ていないみたい。

　もう10月に入っていて、あたりはまっ暗。こんな雪国で

その格好は耐えがたい。

「全然待ってないけど、超寒い！　菜摘、チャリある？　どっか行こ」

　私のカーディガンの袖をつかんで足をバタバタさせる。

　なにこの人、可愛い。自分よりもずっと大人だと思っている高校生が、まるで子供みたいなことをしているというギャップがとんでもなく可愛い。

　それに、ふたり乗りするってことだよね？

　そんなの嬉しすぎる。

「ありますよ。持ってきますね」

　カラオケの前に置いていた自転車を取りに行く。自然と頬がゆるんでしまう。

　私、自分で思っていた以上にバカなのかもしれない。たかがふたり乗りがこんなに嬉しいなんて。

　全部がわからなかった。すごく不思議な気持ち。

　自転車を押しながら山岸さんのもとへ戻った。

「お待たせしました！　山岸さんがこいでくれますか？」

「いいけど……あのさ、さん付けしなくていいよ。敬語もいらないし。さん付けとか敬語とか、あんまり慣れてないから」

　嬉しいけど、そんなこと言われても。山岸……は、さすがにないよね。

「下の名前でいいよ。呼び捨てで」

「え、でも、下の名前知らないんだけど……なんていうの？」

　困惑を隠さずに言うと、山岸さんは噴きだした。

「ああ、そっかそっか。大輔だよ。呼び捨てでいいから。俺も菜摘って呼ぶし」

　大輔っていうんだ。ごく平凡な名前なのに、それすらもかっこよく思える。すでに重症だろうか。

　じゃあ、大輔って呼べばいいかな。でも年上の人を呼び捨てするって、なんだかちょっと気が引ける。

　そんな私が考えた呼び名。

「えっと……じゃあ、大ちゃんって呼んでもいい？」

　男の人に〝ちゃん〟付けも失礼だろうか。でも呼び捨てするよりは気楽に呼べると思った。

「大ちゃん、ね。いいねそれ」

　名前で呼び合うことがこんなにドキドキするなんて知らなかった。

　また笑って、彼——大ちゃんは自転車にまたがった。

「どこ行く？　乗んなよ」

　私のチャリなのに、と心の中で突っこみながら荷台にまたがる。

　走りはじめてすぐに大ちゃんが言った。

「あんまり遅くなっちゃダメだよね。菜摘のこと送りがてら話そうか。家どこらへん？」

「別に遅くなっても大丈夫だよ。さっきも言ったけど、門限ないし」

　嘘なんだけどね。

「そういうわけにいかないだろ」

　でも、話したいことたくさんあるのに。次はいつ会える

かわからないのに。帰ってから親に怒られるかもしれない
けれど、それでもいい。少しでも長く一緒にいたい。

　今の私にとって、大ちゃんと一緒にいられること以上に
重要なことなんてひとつも思い当たらなかった。

　お互いの住所を教え合うとまったくの逆方向で、歩いた
ら1時間以上はかかる距離だった。

　時刻はもうすぐ7時になろうとしている。ここは不便な
田舎。バスはあるものの本数は少ないし、大ちゃんの家方
面までのバス停からはすでに離れてしまっていた。現在地
からだと徒歩20分はかかるだろうか。

　これ以上バス停から離れると大ちゃんが大変になるの
で、通りかかった公園に入って話すことにした。

　遊具はなく小山や小さな噴水がある、散歩によく利用さ
れる広い公園。一番奥の屋根がついているベンチに座った。
屋根があるだけで少し暖かい。

「この公園初めてだ。大ちゃんの高校から近いよね」

「うん。けっこうよく来るよ」

「そうなんだ。……ねぇ、大ちゃんって彼女いないの？」

　緊張は一向に解けないものの、今回は失敗するわけにい
かないと思った私はさっそく切り出した。

　思い立ったらすぐ行動、気になったら一直線。それが私
のはずだと心の中で自分を鼓舞する。

「今はいないよ。彼女いない歴4ヶ月」

　心の中でガッツポーズをして、顔がゆるみそうになるの

を必死にこらえた。

「菜摘は？　彼氏」

「いないよ」

　答えて、少し考えた。いつからいないっけ。

　ふと、今までの恋愛を振り返る。

　恋をしたのは一度だけ。手すら繋げなかったのに、一度だけキスをした。

　初めての恋。初めての嫉妬。中学２年生の子供なりに、真剣な恋だった。淡い初恋、ってやつだと思う。半年で別れてしまったけれど、大好きだった。

　他の人とも付き合ったことはある。でも、好きだったのはその人だけ。

　私の恋はいつだって中途半端だった。好きでもない人と付き合って、すぐに別れて。付き合ったといえるのかすら怪しいほどに期間は短いことが多かった。隆志が『まともな恋愛しなさい』と言うのはこれが原因。

　好きでもない人と付き合うなんて、決していいことではないとわかっていた。それでも私は、好きだと言われたら深く考えもせずにそれに応えてきた。でもそれがどうしてなのか、自分でもよくわからなかった。

「あー……ごめん」

　せっかく一緒にいるのに、なにを考えてるんだろう。黙りこんでしまった私の頭を、大ちゃんがそっとなでた。

　大きな手。目が合うと、大ちゃんは優しく微笑んだ。

「菜摘、おいで」

　にっこり笑って両手を広げた。

「え？　おいでって……」

「なんか抱きしめたくなった。菜摘ちっこいし、俺の腕ん中にすっぽりおさまりそうじゃん」

「ちっこいは余計だよ。……てか、チャラ男ですか!?」

「チャラ男じゃねぇよ！　なんか……菜摘、寂しそうだから」

　寂しそう、なんて、初めて言われた。

　菜摘はいつも元気だね、とか、悩みなさそうとか、みんなに言われるのはそんなことばかりなのに。

「おいで。ね？」

　腕をつかまれて抱きよせられる。本当にすっぽりおさまってしまった。

　——私、この人が好きだ。

　初めて会った時からもう好きになっていたのに、改めてそう思った。

「ほら、おさまった。菜摘はちっちぇーな」

「……やっぱチャラ男だ」

　こんなの初めてじゃないはずなのに、すごくドキドキする。抱きしめられたくらいでどうしちゃったんだろう。頭がおかしくなったんだ、きっと。

　強く抱きしめられた時、恥ずかしさなんて一瞬にして消えた。大ちゃんの体温に、ただただ安心して、泣きたくなった。

　どんどん前に進んでいくみんなに取り残されたような気持になって、心にぽっかり穴が空いたような気持ちになって。よくないことだとわかっていたのに、好きでもない人と付き合って。

　それがどうしてだったのか、たった今わかった。

　私、寂しかったんだ。

　心の奥にあるモヤモヤとした感情を〝寂しい〟と呼ぶのだということを、大ちゃんに言われるまで気づかなかった。

　でも、大ちゃんはどうして、私が寂しがっていることがわかったんだろう。

　大ちゃんが私の頭をポンポンと２回なでたのを合図にそっと離れた。大ちゃんの腕の中から抜けただけで、嘘みたいに寒い。

　寒い寒いと言いながらも、私たちは移動することなくずっと公園で話していた。

　大ちゃんと話していると楽しかった。次から次へと話題が溢れてくる。

　そんな、途切れることを知らなかった会話も、もう終盤に近づいていた。

「さすがにそろそろ帰ろっか。親ほんとに大丈夫？」

　スマホで時間を確認すると、もう９時になろうとしていた。

　もうそんなに時間たったんだ。もっともっと話したいのに。

　ハッキリと決められた門限はないものの、これ以上遅く
なるとさすがに怒られる。大ちゃんの言う通り、もう帰ら
なきゃいけない。
「大丈夫だよ。そうだね。帰ろっか」
「そんな落ちないでよ。じゃあいつでも会えるように、連
絡先交換しよっか」
　あからさまに落ち込む私を見て大ちゃんが微笑んだ。
「うん！　する！」
　大ちゃんから言ってくれるなんて思わなかったから、つ
い頬がゆるむ。これからはいつでも会えるの？
　連絡先を交換すると、画面には『大ちゃん』と表示され
ていた。交換したんだから当たり前なのに、まるで夢みた
いに思えた。
　嬉しさを隠しきれずに喜ぶ私を見て、大ちゃんはまた
にっこりと微笑んだ。なんて優しく笑う人なんだろう。
「気をつけてね。時間遅いし心配だから、家着いたら連絡
して」
「うん。わかったよ」
　心配してくれてるんだ。ただの社交辞令かもしれないけ
れど、それでも嬉しい。
「送ってやれなくてごめんね。じゃあ、またね」
「チャリだから大丈夫だよ。またね」
　大ちゃんは私の頭を軽くなでると、手を振りながら帰っ
ていった。
　大ちゃんの後ろ姿を少し見送り、すっかり冷たくなった

自転車にまたがる。そして私も家路を急いだ。

　ずっとずっと思っていた。
　奇跡だの運命だの、そんなものはない。全部タイミングでできていて、たまたまタイミングがよかっただけの話。
　それなのに、大ちゃんと再会した時に真っ先に奇跡だと思った。二度目の再会で、運命ってあるのかもしれないと思った。
　ひと目惚れだって、信じていなかった。初めて会った瞬間に好きになってしまうなんて、そんなのありえないと思っていた。
　それなのに、もう好きになっていて、大ちゃんの大きな手や背中、温もりや優しさが、頭から離れなかった。
　たった一瞬で、恋をしてしまった。

　家に着くと、すぐに大ちゃんに連絡をした。登録されたばかりの新しい名前を見るだけでドキドキする。
《家着いたよ。大ちゃんは？》
　そんな短い文を打つのに何分かかったかわからない。緊張しすぎてうまく打てなかった。
　返事はすぐにきた。
《お疲れ。俺は寒くて死にそうだったから、結局タクシーで帰ったよ》
　そりゃあ、あんな薄着でずっと外にいたら寒いよね。
　それから少しだけやり取りをして、布団にもぐりこんだ。

　大ちゃんに恋をしたばかりなのに、今までじゃ考えられない自分を知った。大ちゃんといたら変われると思った。

　今度は——楽しくて幸せで、明るい恋になりますように。

重なる不安

　グラウンドで駆けまわる男子たち。いつもの昼休みの風景。

　大ちゃんと遊んだ翌週の月曜日にまずしたことは、伊織と隆志に一部始終を報告すること。私はこれでもかというほど浮かれまくっていた。

「いや……うん。さすがにすごいな。運命ってあるのかも」

　さすがの隆志も、腕を組みながら「すごいよな」と繰り返す。そんな隆志に、私は勝ち誇るように笑ってみせた。

「連絡先交換できた？」

「したした！」

　大ちゃんからだけど。

「んー……でもなあ。すごいとは思うけど、チャラいだけじゃん。山岸」

　伊織が綺麗に足を組み、私に向けてビシッと指をさす。

　それを見て、はしゃいでいた私と隆志はピタッと止まった。

「……そうなのかな」

　否定できない。そんな人じゃないよ、なんて言い返せるわけがなかった。

　そんな人かどうかがわかるほど、大ちゃんのことをまだなにも知らない。否定したところで、そんなの今はまだ私の願望でしかないのだ。

　しゅんとしていると、隆志が私の肩に手を乗せた。

「まあいいじゃん。チャラいだけどうかなんて、これから知っていけばいいし。それに、これで行く高校は決まったろ？」

　隆志の言う通り、大ちゃんと出会ったことで志望校は自然と決まっていた。

　将来の夢が見つかったわけじゃない。体験入学の時、学校の方針だのなんだのと体育館で受けた説明の内容はまったく覚えていないし、実習は楽しかったものの、この高校に進学したい理由にまでなったわけじゃない。

　なにもないのに、なにも変わっていないのに。こんな動機で志望校を決めるなんて、みんなに比べたらくだらないし不純かもしれない。

　でも、大ちゃんと同じ高校に行きたい。

「……まあそうだよね。あたし勉強教えるから、頑張ろうね」

「髪も黒くしなきゃ。来週は願書の写真撮るし」

　ふたりに押され、私は静かにうなずいた。

　思い立ったらすぐ行動の私は、学校帰りに薬局に寄ってヘアカラー剤を買い、家に着くとすぐに髪を染めた。

「……カツラみたい」

　鏡に映る数年ぶりの黒髪の自分を見て、盛大なため息をついた。もともと地味で幼い顔が、黒髪になったせいで余計に地味になってしまった。

「だから黒いの嫌なんだよ」

　黒髪に生まれてきたとは思えないほどの違和感。化粧を落とすと、もう15歳に見えるかどうかすら危うい。

　大ちゃんは高校生。少しでも近づけるように、大人っぽくなりたいのに。

　私が髪を染めたり化粧をしたりと校則違反をしているのは、別に目立ちたいとか不良に憧れているとか、そんな理由じゃない。ただただ、自分の地味な顔もそれを引き立たせる真っ黒の髪も好きじゃないのだ。

　でも受験生だからしょうがない。絶対に受かりたいもん。大ちゃんと、同じ高校。

　受験が終わったらまた染めればいい。今くらい我慢しなきゃと自分に言い聞かせた。

　髪を乾かして部屋に戻ると、なんだか勢いがついた私は勉強道具を机に広げた。最近テストがあったおかげで、教科書が何冊かは部屋に置いてある。活用した記憶はないのだけど。

　無難に数学の教科書を開く。数学なのにどうしてアルファベットや変な記号が混ざっているのか……と疑問に思いつつもシャーペンを手に取った。いつもなら見ているだけで眠気に襲われるのに、明確な目標ができたからなのか、今日は驚くほど集中できた。

　あっという間にノートを数ページ埋めつくしたところでスマホが鳴った。時計を見ると、勉強を開始してから3時間が過ぎていた。

【着信中：由貴（ゆき）】

　由貴は同じ小学校出身で、中学が別になってしまった友達。仲がよかったから今でもたまに連絡がくる。

「はーい」

『もしもーし。なにしてた？』

　後ろが騒がしい。また遊んでるのかな。

　由貴はとても明るく社交的で友達が多いから、しょっちゅういろんな人と遊んでいる。

「勉強してた」

『勉強!?　なんで!?』

「行く高校決めたから」

　私に「勉強してた」と言われて驚かない人はあまりいないと思う。

『私立行くんじゃなかったの？　勉強する必要なくない？』

「公立にした。で、なに？　どうしたの？」

『あ、そうそう。菜摘、植木（うえき）くん知ってるよね？』

　植木くんは、同じ小・中学出身で２歳上の先輩。直接関わりはないけれど、決して広い学校ではないし植木くんは目立っていたから、存在くらいは知っている。

「知ってるけど、植木くんがどうした？」

『山岸くんのことも知ってるんだよね？』

　山岸って、大ちゃんのこと？

「知ってるけど……由貴も知り合いなの？」

　由貴の話はこうだった。

　この間のカラオケで、大ちゃんと一緒にいたのは植木く

んだったらしい。大ちゃんと再会したことへの驚きと興奮
で、私はまったく気づいていなかったけれど。

　今日たまたま植木くんに会って、その話を聞いたとのこ
と。話したことはないのに、私のことを覚えていたことに
驚いた。

『ふたりで遊んだんだって？　いい感じなの？』

「遊んだっていうか話したけど、いい感じかはわかんない」

　うん、って答えられないのが悲しい。

『そうなんだ。好きなの？』

「うん、好きだよ」

　素直に打ち明けた。

　由貴のことを信用しているのはもちろんだけど、由貴が
一方的に大ちゃんのことを知っているだけで、知り合いで
もなければ関わりもないらしいから。本人にバレる心配は
ないと踏んでの暴露だ。

『本当!?　じゃあ金曜にでも４人で遊ぼうよ！　由貴、植
木くんに誘われてるんだよね』

「金曜って、今週の？」

『うん。金曜なら遅くまで遊べるじゃん。学校終わったら
合流しようよ。山岸くんに聞いてみてくれる？』

「わかったよ。聞いてみる」

　電話を切るとすぐに大ちゃんに連絡をした。連絡をする
口実ができたことが嬉しかった。

　事のいきさつを説明すると、人見知りらしい大ちゃんは
知らない女の子がいることをかなり嫌がったけれど、なに

がなんでも大ちゃんに会いたい私が説得に説得を重ねた結果、渋々了承してくれた。

　今週も会えると思うだけでニヤニヤが止まらない。その夜はなかなか寝つけなかった。

　そして迎えた金曜日。朝は天敵のはずの私が、アラームが鳴る1時間も前に目を覚ました。

　寝不足だというのに意識はハッキリしている。人生で一番気持ちのいい寝起きだと言っても過言ではない。

　いつもより念入りに準備をして、鏡で何度もチェックする。放課後には化粧なんて崩れてしまうのに、浮かれている私はそんなことにまで頭が回らない。

　いつもよりずっと早い時間に登校した私に伊織と隆志は驚いていたけれど、大ちゃんと遊ぶことを伝えると妙に納得していた。

　4時間目の英語が終わる頃、制服のポケットに入っているスマホが震えた。先生に見つからないよう、机の下でこっそり内容を確認すると、大ちゃんからだった。

《おはよ。今起きた。昨日寝るの遅かったけど、ちゃんと学校行った？》

　大ちゃんとはよくメッセージのやり取りをするようになって、昨日も深夜まで続いていた。

　大ちゃんから連絡をくれたことが嬉しくて、授業中なのについ口元がゆるむ。それに『今起きた』ってことは、起きてすぐ私に連絡してくれたということで。そんなの嬉し

すぎる。

　先生の目を盗んで返信する。

《おはよ。ちゃんと学校来てるけど、もうお昼だよ？　大ちゃんが学校行ってないんじゃん》

《俺は今日休みだもん。開校記念日ってやつ》

　え？　そんな情報聞いてない。

　もっと早く言ってくれたら学校サボったのに！

《そうなんだ。わかったよ》

　昼休みを知らせるチャイムが鳴り、ポケットにスマホをしまう。

　学校が休みということは、今は家にいるということで。つまり、今からでも遊べるということで。

　先生が教室から出ていったことを確認すると、机の横にかけてあるカバンを持って勢いよく立ち上がった。

「今日はもう帰るね！」

「えっ？　なんで!?」

　クラスメイトの視線が私に集中する。気にせずにカーディガンを着て、チェックのマフラーを丁寧に巻いた。

「大ちゃんと遊んでくる！」

「給食はー？」

「いらない。バイバイ！」

　先生が戻ってこないうちに急いで教室を出た。

　自転車にまたがり、校門を出た所で電話をかける。

　1秒でも早く会いたくて、スマホを片手に自転車をこい

だ。

呼び出し音に緊張する。どんな声で話そうかな、なんて考えている自分が不思議で、ああ、これが恋する乙女ってやつか、なんて思った。

『……もしもし。どうした？』

しばらく鳴らしてからやっと聞こえた、眠たそうな声。いつもと少し違う電話の声にドキドキする。

「学校終わったよ！」

『はっ？　まだ昼じゃん！』

「サボって帰ってきちゃった！」

もうすぐ会えると思ったら、自然と声が弾む。

大嫌いな坂も、今日は楽々登れる。

『はあー？　そんな俺に会いたいの？』

「うん！」

素直に答えると、電話の向こうから笑い声が聞こえた。

『お前、素直だな。ありがと』

「えへへ、どういたしまして」

『今どこ？』

「えっと……おとといの公園らへんかな」

いったん止まってあたりを見渡す。とにかく街の方へと夢中でこいでいたから、現在地をいまいち把握していなかった。

『今から行くわ。ちょっとそこで待ってて』

「じゃあ由貴に連絡するから、大ちゃんは——」

『あとでいいよ。とりあえずふたりで遊ぼ』

「え？」

あとでいいって、ふたりで遊ぼって……そんなの期待しちゃう。由貴には悪いけど、嬉しい。

「……うん、待ってる」

『すぐ行くから、またあとでね』

電話を切り、そのまま公園に向かう。屋根がついているベンチの前で自転車からおりて、左側に座った。

あの日は夜だったから誰もいなかったけれど、今日は散歩している親子や犬が駆けまわっている。そんな風景を見つつ、日向ぼっこをしながら、大ちゃんが来るのを待った。

しばらくぼうっと眺めていると、視界の端に、小走りで向かってくる大ちゃんの姿が見えた。初めての私服にドキドキする。

目の前まで来ると、大ちゃんはにっこり笑った。

「待たせてごめんね。寒くなかった？」

大ちゃんは今日も徒歩らしい。両手をポケットに入れながら立つ姿は、今日も私の胸を高鳴らせた。

それに加えて、笑ったまま私の頭をなでるから、また顔が真っ赤になってないか心配。

「ううん、天気いいし暖かくて気持ちいいよ。てか、早くない？」

「まあタクシーだからね。どこ行く？」

「またタクシーですか。……ねぇ、ほんとに由貴たち呼ばなくていいの？」

「どうせ植木もまだ寝てるだろうし、ほっとこ」

　嬉しいけど、本当にいいのかな。

「ちょっとだけ。行こ？」

　手を引かれて、そのまま自転車にまたがった。

　服ごしなのに、一瞬にして、触れられた部分も顔も熱くなった。ドキドキする。

　心の中で由貴に謝って、欲求のままにうなずいた。

「とりあえずカラオケ？」

「だな」

　大ちゃんがペダルを踏む。私は大ちゃんの腰に手をまわして、しっかりとつかまった。

　案内された部屋はテーブルを挟んでソファがふたつ向かい合っている。なのに、大ちゃんは向かいじゃなく私の隣に座った。

　なんとなくそうしただけかもしれないのに、私はそんなことさえも嬉しく思ってしまう。

「お前さ、中坊のくせに学校サボんなよ」

　学校をサボるのに中坊もなにもないと思う。

「中坊って言うな。そんなに歳変わんないじゃん。高２ってことは、17でしょ？」

「まだ誕生日きてないから、16」

　早生まれなのかな。

「1歳しか変わんないじゃん。誕生日いつ？」

「まあそうか。俺２月だよ」

　やっぱり早生まれなんだ。ひとつでも大ちゃんのことを

知れたことが嬉しい。

大ちゃんの誕生日まであと4ヶ月。

その頃には、今とは違う関係になりたい。進展（しんてん）したい。

大ちゃんがテーブルに置いてあるドリンクに手を伸ばすと、その拍子に甘い香りが私の鼻腔（びこう）をくすぐった。

なんの香りだろう。香水にしてはそれほど主張が強くなく、ボディミストのような、柔軟剤のような、ふわりと包み込んでくれるような香りだった。その甘い香りに、どこか安心感を覚えた。

カラオケに来ているというのに、私たちは1曲も入れずに話してばかりいた。

「ねぇ、大ちゃんってバイトとかしてるの？」

「なんで？　してないけど」

「だって、こないだも今日もタクシー使ったって言うから」

あの公園から大ちゃんの家まで、タクシーを使えば2千円か、もしかすると3千円近くはかかるはず。

学生にとって決して安くはないと思うし、頻繁（ひんぱん）にタクシーに乗れる＝お金がある＝バイトをしている、という単純な思考だった。

「ああ、親が小遣いけっこうくれるだけだよ」

「えっ、お金持ちなんだね」

「まあね」

なるほど、家がお金持ちなのか。

羨（うらや）ましい、と思ったことをそのまま口に出そうとした

私は、口をつぐんでしまった。

　目線を下げた大ちゃんの表情からは、嬉しそうだったり自慢げだったり、そういう浮き立つような感情がまったく見えなかったから。

「お前、なにその顔」

　黙りこくっている私に気づいた大ちゃんは、私の頬を軽くつまんで困ったように笑った。

「家が金持ちって言ったら、みんなに羨ましいって言われるんだけど。そんな顔されたの初めて」

「いや……なんか」

　なんて返せばいいのか、わからなくて。

　羨ましがるには、『まあね』と言った時の大ちゃんの表情はあまりにも暗かった。

「変な奴だな」

　笑いながら手に持っていたコップをテーブルに置くと、その手を小さく広げて私のほうに身体を向けた。

「菜摘、おいで」

　答える前に大ちゃんに抱きよせられる。一瞬『チャラいだけ』と言った伊織の顔が浮かんだけれど、それでも拒否することはできなかった。

　抱きしめたくなった、と前に言ってくれたことを思い出して、それが素直に嬉しかったから。大ちゃんのことが好きだから。抱きしめてほしいと思ってしまったから。

　〝おいで〟って、なんとなく好き。抱きしめられると、ドキドキするけど安心する。

　つい〝好きだよ〟と言ってしまいそうになる。でも、まだ言えない。
「……また寂しそうに見えたの？」
「んー、今日は違うかな」
　じゃあ、なに？　からかってるの？
　そんなこと聞けるわけがなかった。さすがに『そうだよ』なんてハッキリと肯定はしないだろうけど、もし否定してくれなかったらどうしよう。
　せっかくこうして会えるようになったのに、下手なことを言えばアッサリと失恋してしまうかもしれない。それなら、今はなにも言わないまま一緒にいられるほうが何倍も何十倍もマシだった。
　せっかくこうして会えるようになったのに、それがなくなるなんて絶対に嫌。
「お前やっぱちっちぇーな」
「うるさいな。大ちゃんがおっきいんだよ」
「そう？　俺ちっちゃい子好きだよ」
　この低い身長がコンプレックスだったのに、大ちゃんのひと言でそんなの吹き飛んでしまう。
　どんどん好きになっていくのが自分でよくわかる。どんどん大きくなっていくこの気持ちを、私はいつまで隠し通せるんだろう。もはや隠せている自信はあまりないけれど、大ちゃんは気づいているんだろうか。
　緊張で強ばっていた身体の力を抜いて、素直に大ちゃんに寄りかかった。

　しばらく話していると、大ちゃんが思い出したように「そろそろ植木たち呼ぼっか」と言った。時間を確認すると、ちょうど学校が終わる頃だった。

　もうそんな時間なんだ。大ちゃんといたら、時間がたつのが早すぎる。

「……そう、だね。由貴に連絡してみる」

　せっかく誘ってくれた由貴には本当に悪いけど、今日はこのままふたりでいたかった。

　でも最初から4人で遊ぶ予定だったわけだし、しょうがない。

「俺も植木呼ぶね」

　もっとふたりで話したいって言ったら、大ちゃんはなんて言うのかな。

「また今度、ふたりでゆっくり話そうね」

　私の心の声が聞こえたかのようなタイミングで、大ちゃんは優しく微笑んだ。

　また今度——か。

　私がこんなにも悩んでいるのに、この人は平気でそんなことを言う。その度に私は嬉しくなって、もしかしたらと期待してしまうのに。

　この人はいったい私のことをどう思っているんだろう。

　聞きたいことはいくらでも出てくるのに、結局なにも聞けない。こんなに人を好きになったのは初めてだから、今はとにかく怖い。だって、中学生なんか相手にされるの？

　小さな不安が少しずつ、少しずつ積もっていく。不安だらけだ。

　でも、今はまだ焦る必要なんてないよね。まだ知り合ったばかりなんだから、これから大ちゃんのことを知っていけばいい。そして、できれば、少しずつでいいから、私のことを好きになっていってほしい。

　いつかそういう日がきてくれることを願っていた。

色のない瞳

　連絡をすると、由貴と植木くんはすぐに来た。

「菜摘、久しぶり！」

　由貴が満面の笑みで、つい数分前に空いた私の隣に座る。

　街中で偶然会うことはあっても、こうやって遊ぶのは久しぶり。

「うん。早かったね」

　相変わらずのハイテンションで、ゆるく巻いた赤茶色の髪を揺らしながら私の手を取った。

「久しぶり……つってもしゃべったことねぇよな。俺のこと覚えてる？」

　植木くんも大ちゃんの隣にドカッと座ると、４人はテーブルを挟んで向かい合う態勢になった。

「覚えてます。植木くん目立ってたので」

　人見知りの私は、少しだけうつむきながら軽く会釈を返す。昔から知っている人とはいえ、ひと言も話したことがないのだから初対面と同じようなものだ。

　そういえば、大ちゃんには人見知りなんてしなかったっけ。

　学生フリータイムが終わると、場所を変えることになった。

　とはいっても遊ぶ場所なんてそんなにないから、少し歩

いてゲーセンに行くだけ。

「俺コンビニ寄りたいから先行ってて」

　植木くんが「行くぞ」と大ちゃんの肩に手を回す。カラオケのすぐ近くにあるコンビニに入っていくふたりといったん別れ、由貴とふたりで先にゲーセンへ向かった。

　プリクラを撮ったりして遊んでいても、大ちゃんと植木くんはなかなか戻ってこなかった。コンビニで10分も20分も買い物をするだろうか。

　出入口はひとつしかないし、お世辞にも広いとは言えないこの空間で見逃すわけがない。由貴が植木くんにメッセージを送っても返ってこない。

　外に出てみると、室内でジャカジャカと流れていた音楽が途切れた代わりに、別の騒音が耳に届いてきた。

「……なんかうるさくない？」

　由貴が言った。

　確かに、やけに騒がしい。音のするほうに歩いていくと、それはどんどんハッキリしてくる。怒鳴り声に混ざって、なにかがぶつかっているような、崩れたような騒音。

「喧嘩かな」

　決して平穏ではないこの街で、喧嘩なんて珍しいことじゃない。いつもならただ、巻き込まれたくないな、と思うくらいだ。でも今日はどうしてか妙に嫌な予感がする。

　由貴も同じなのか、ふたりで顔を見合わせてから足早に歩き進めた。

　怒鳴り声と騒音の原因は予想通り喧嘩らしく、植木くん

が寄ると言ったコンビニのすぐ近くでのことだった。

　野次馬が集まっていて、止めようとする人やおそらく警察に通報している人、喧嘩を煽る人もいる。決して珍しくはない光景なのに、嫌な予感が止まらない私は、人だかりをかきわけて前へ前へと急ぐ。

　中心にいたのは——。

「大ちゃんっ」

　嫌な予感ほど的中するものだと思う。

　そこには、所々に傷を負って、口の端には血が滲んでいる大ちゃんの姿があった。なによりも驚いたのは、喧嘩相手の首を絞めて、とても冷たい目をしていたことだった。

　いつも笑っている普段の大ちゃんからは想像もつかない、色のないとても冷たい目をしていた。

　首を絞められている男の人の顔は、青を通りこして白くなっていて。

「大ちゃん!!」

　私はとっさに叫んで大ちゃんの腕を必死に引っ張った。

　大ちゃんは我に返ったのか、私を見て、「菜摘」と小さくつぶやいた。目は冷たいまま。

「菜摘！　逃げなきゃヤバイよ！」

　由貴がそう叫ぶと同時に、パトカーのサイレンが聞こえてきた。

　喧嘩の原因なんて知らない。大ちゃんから喧嘩を売るとは思えないし、ただ巻き込まれただけかもしれない。でも明らかに大ちゃんよりも相手のほうが傷が深い。この

状況だと真っ先に補導されるのは間違いなく大ちゃん
だ。

焦った私は、より強く大ちゃんの腕を引っ張った。

「大ちゃん、逃げよう！　早く！」

返事をしない大ちゃんを強引にその場から連れ出す。由
貴や植木くんや、野次馬も次々と逃げていく。警察に見つ
かる前にと、人混みにまぎれて必死に走った。

他に逃げ場所が思い浮かばず、近くにある4階建ての立
体駐車場に逃げ込んだ。とにかく必死に走っていた私は全
身汗だくだった。騒ぎが落ち着くまで確認しやすいように、
エレベーターを使って屋上へ向かった。

屋上を囲んでいる深緑色のフェンスに寄りかかり、乱れ
た呼吸を整えるために大きく深呼吸を繰り返す。大ちゃん
は少し落ち着いたのか、ただ呆然と灰色の空を見上げてい
た。

「……大ちゃん、なにしてるの？　なんであんな……相手
の人、死んじゃうかと思った……」

おそるおそる声をかけると、大ちゃんは私を一瞥してす
ぐに目をそらし、うつむいたまま力なくコンクリートに座
りこんだ。

少し戸惑いながら、私もその隣にしゃがむ。

「……怒ってる……よね。ごめん」

目をそらしたまま、小さな声で言った。

どうして謝るの？

「……怒ってないから謝んないでよ」

　怒っているというよりは、哀しい、という表現のほうが正しい。そもそも私には怒る権利なんかない。

　ただただ心配で——あの冷たい目が気になるだけ。

「……大丈夫？　痛い？」

　血が滲んでいる口の端に向けて伸ばした手を止めて、大ちゃんに触れることのないまま膝に置いた。

　痛そうだし……自分から触れることに、少し戸惑ったから。

「大丈夫だよ」

「そっか。……落ち着いた？」

「うん。冷たい風にあたったら、ちょっと落ち着いた」

　ほんの少し安心する。

　だけど、いつもより少しだけ寂しそうに微笑む大ちゃんを見て、とても笑い返す気にはなれなかった。

「せっかく遊んでたのにごめんね、巻き込んじゃって」

「それはいいんだけど……」

　いや、よくはないんだけど。

　なんて言えばいいのかがわからない。でも、できれば、喧嘩なんてしないでほしい。心配でたまらない。

　それと——あの冷たい目は、あまり見たくない。

「……よくするの？　……喧嘩」

　戸惑いながら聞くと、大ちゃんはまた小さな声で「たまにかな」とつぶやいた。

「なんで喧嘩なんか……」

「わかんない。なんとなくかな。売られたから買ったってだけ」

　なんとなくっていう表情や口ぶりじゃない気がするのは、気のせいだろうか。

「……ねぇ、すごい余計な口出しいていい？」

「ん？」

「……喧嘩なんかやめなよ。そんなことしたってさ、なんにもならないじゃん」

　わかってる。こんなの余計なお世話でしかないし、私が言う権利なんてない。でも、ウザイと思われたっていい。

　どんな反応をされるかと少し緊張していた私に返ってきたのは、いくつか予想していたものとはまったく違う返事だった。

「……嫌いになった？」

　それ、返事になってないよ。

　やっと目を合わせてくれた大ちゃんは、私の頭に軽く頭を重ねた。

　ずるい人だな、と思った。

　このまま時間が止まればいいのに、とも、思った。

「なってないよ。だからさ、……やめなね」

「……よかった」

　小さく聞こえた、かすれた声。

　顔を上げると、また目が合った。光を灯しておらず、喜怒哀楽のどれなのかわからない、色のない瞳。

　さっきのカラオケで親の話をした時の表情と少し似てい

るようにも見えた。

　どうしてそんな目をするのかわからなかった。

　吸いこまれてしまいそう。

「戻ろっか。ほんとにごめんね」

　大ちゃんが私の頭を軽くなでて立ち上がる。私も続いて立ち上がり、ふらふらと歩く大ちゃんのあとを追った。

　この時一番おかしかったのは私だったのかもしれない。

　冷たい瞳。哀しい心。力ない声。

　そんな大ちゃんを、綺麗だと思った。

　騒ぎがおさまっていることを確認してから立体駐車場を出る。スマホを見ると由貴から連絡がきていた。由貴と植木くんも無事に逃げきったものの、まだ警察がうろついていて危険だから、今日はもう解散しようという内容だった。

　楽しく仕切り直せるような気分じゃない私は、それに了承の返事をして、大ちゃんに「帰ろっか」と言った。

「送ってく」

「いいよ。怪我してるんだし、今日はまっすぐ帰ってゆっくり休みなよ」

「ここらへんお前ひとりじゃ危ないって」

　いろんな奴らがうろついてる時間帯だし、とつけ足して、大ちゃんが歩きはじめた。

　それ、ついさっき派手な喧嘩したばっかりの大ちゃんが言うかな。

「……うん。ありがと」

　思ったことを口には出さずお礼を言って、私も大ちゃん
に続いて歩きはじめた。送ろうとしてくれていることが、
もう少し一緒にいられることが、素直に嬉しかった。

　カラオケの前にある自転車置き場には当然、大ちゃんの
自転車はなかった。私との待ち合わせ場所までタクシーで
来たんだから当たり前だ。
　送ってくとか危ないだろとかかっこいいことを言ったく
せに、そのことを当の本人も私もすっかり忘れていた。
「……どうするの？」
「２ケツすりゃいいじゃん」
「まあそうだけど。どこまで送ってくれるの？　公園？」
「家まで」
「えっ？　いいよ、遠いもん！　帰りどうするの？」
　ふたり同時に黙りこんで、たぶん頭の中で同じ計算をし
た。
　時刻はもう夜の8時を過ぎている。今から私の家まで自
転車で行って、そこからバスで帰るとなると、乗り換えが
あるし大ちゃんの家方面までの最終バスに間に合うか微妙
なところ。
「まあいいから。とりあえず送る。俺は男、菜摘は女」
　大ちゃんに腕を引かれて荷台にまたがる。
　私のこと、女として見てくれてるんだ。嬉しい。
「……うん。ありがと」
「素直でよろしい」

　大ちゃんがペダルを踏んで、自転車が動きだす。

　さっきまであんなことがあったのが嘘みたいに、私たちはなんでもない話をしていた。

　若干の気まずさを隠しきれないまま、ぎこちない口調で話しているうちに、徐々にふたりとも笑うようになっていた。話し方も笑い方も、いつもの大ちゃんに戻っていった。

　公園を過ぎる頃には、さっきの出来事（できごと）は夢だったんじゃないかと思ってしまうくらい、普通に話していた。

「ねぇ、チャリ貸してあげようか？」

「いいよ。来週から修学旅行だし、返すの遅くなっちゃうから。通学困るだろ」

　私のこと、どう思ってるんだろう。妹みたい、なんてベタな台詞（せりふ）を言われたら、ちょっと立ち直れない。

「そうなんだ。お土産よろしくね」

　好きだよって言ったら、なんて言う？

「はあー？　買わねぇよ」

　俺もだよって、言ってくれる？

「ひどっ。まあ楽しんでね」

　それとも、拒否（きょひ）されるのかな。怖くて言えない。

　少女漫画を読む度に、うじうじと悩むヒロインをじれったいなあと思っていたはずなのに、今はその気持ちがよくわかる。

　告白するのって、こんなに怖いんだ。

「ありがと。別に楽しみじゃないけどね」

「え？　なんで？」

「まあ、いろいろ」

「なにそれ」

　家に着くまで残り5分くらい。やっぱり会話は途切れない。

　でも、ひとつ気づいたことがある。大ちゃんはあまり自分のことを話してくれなかった。

　聞けばそれなりに答えてはくれるものの、どこかではぐらかしているような、話すことをためらっているような口ぶりになる時があった。

　無意識なのかわざとなのか、大ちゃんは自分のことを聞かれるとそんな話し方ばかりしていた。カラオケで親の話をした時もそう。だから、それ以上は聞けなくなってしまう。

　それに気づく度に、私はこの人のことをなにも知らないんだ、と痛感した。まだ知り合ってから日が浅すぎる。

「ねぇ、大ちゃん」

「ん？」

　そっと、大ちゃんの背中に額をあてる。

　男らしい、広い背中。不思議と心臓は落ち着いていた。

「……ごめん。しつこいけど……喧嘩、やめなね」

「やめなかったら嫌いになる？」

　住宅街の、車がギリギリすれ違えるくらいの細い道をしばらく走ると私の家が見えた。もうすぐ着いてしまう。

「……なっちゃうかも」

　なるわけないよ。

　嫌いになんてなりたくない。嫌いになんてなれるわけが
ない。

　もう、それくらい好き。

「じゃあ、やめなきゃね」

　ほら。そうやって期待させる。

「菜摘、ちゃんと見張ってて。約束ね」

　見張っていられるくらいそばにいたい。

　もっともっと近づきたい。隣にいたい。

「……うん。約束ね」

　大ちゃんが好きだ、と思う。

　会っている時も、会っていない時も、何度も何度もそう
思う。知り合ったばかりなのに、すごく好きになってる。
自分でも驚くほどのスピードで。

　きっとこれからも、どんどん好きになっていく。

　大ちゃんのことはよくわからない。

　ただ、漠然と感じていることはあった。

　もしかしたら、とても弱い人なのかもしれない。

　どうしてそう感じるのかは言葉にできないけれど、そん
な気がして仕方なかった。

　もしかしたら、大ちゃんも〝寂しい〟と感じているんだ
ろうか。だから私の中にあった、自分でも気づかなかった
寂しさに気づいてくれたんだろうか。

溢れる想い
あふ

　1週間後に大ちゃんから《修学旅行から帰ってきた》と
連絡がきた時、私はちょうどテスト期間中で、テストが終
わったら会う約束をした。

　そして迎えた最終日の夜、大ちゃんに早く会いたい一心
ですぐに連絡をした。

《テスト終わったよ。いつ遊べる？》

　返事はすぐにきた。

　もしかして私の連絡を待っていてくれたんだろうか。

　私に会うことを、楽しみにしてくれていたんだろうか。

　それがただの自惚れでしかないと思い知ったのは、メッ
うぬぼ
セージを開いた瞬間だった。

《ごめん、しばらく遊べないかも》

　画面に表示された文章を見て、心臓がドキリと大きな音
を立てた。

「……え？」

　いくら見たって文章が変化するわけがないのに、硬直し
たまま一点を見つめ続けた。

　しばらく遊べない？　どうして？

　『お土産買ってきたから会おう』って言ってくれたのに。
急にどうして？

　しばらく遊べなくなる理由なんて少し考えればいくらで
もあるのに、当然会えるものだと思っていた私はただただ

頭が混乱する。

　どうして、と考えているうちに、ひとつの答えが浮かんだ。同時に確信していた。

　だって、すごく嫌な予感がする。

《大ちゃん、彼女できたの？》

　緊張しながら送信した。

　返事はなんとなく予想がつく。

《うん、できた》

　——やっぱり。

　頭が真っ白って、こういう感覚なんだと思った。

　知り合ってからの少ない思い出も、これから積み上げていくと思っていた未来も、ガラガラと音を立てて崩れた。

　そんなの急すぎる。頭がついていかない。混乱する。文字を打つ手が震える。

《そうなんだ。いつの間にできたの？》

《修学旅行中。告られたから付き合ったけど、なんか複雑な関係だよ》

　複雑な関係ってなに？　ねぇ、私は？　私のことはなんとも思ってなかったの？　それならどうしてあんなこと言うの？　どうして抱きしめたりするの？

　頭の中がハテナで埋め尽くされる。

　修学旅行明けに連絡を取った時は、そんなことひと言も言っていなかったのに。その時に言ってくれたら、テストさえ終われば会えるなんて、当たり前に会えるなんて、期待せずに済んだかもしれないのに。

　こんなに傷つかなくて済んだかもしれないのに。

　どうして今言うの？

《そっか。じゃあ、もう会えない？》

《わかんないけど……あんまり会えなくなるかも。嫉妬深いみたいだから》

　お土産くれるって言ったじゃん。テストが終わったらまた遊ぼうって約束したじゃん。

　嘘つき。話が噛み合ってないよ。

　やっぱり中学生なんて相手にされるわけがなかったのかな。ひとりで浮かれてただけだったのかな。

　こみ上げてくる涙をこらえて、大ちゃんの番号を表示する。本当は直接言いたかったけれど、どうせもう会えないのなら、今言ってしまえばいい。

　困らせちゃうかな。でも、どうしても今言いたい。ちゃんと伝えたい。もしかしたら、心のどこかで〝今ならまだ間に合うんじゃないか〟と思ったのかもしれない。

　もう、遅いのに。

　呼び出し音が数回鳴る。それに比例して、私の鼓動も速まっていく。

『……もしもし？　どうした？』

　大ちゃんの声を聞くと、なぜか一瞬にして震えが止まった。

　なんでだろう、不思議。

「急にごめんね。えっと、……言いたいことあって」

『え、なに？』

　それでも緊張までは収まらなくて、大きく深呼吸をした。

「……あのね。急にこんなこと言ったらびっくりさせちゃうかもしれないんだけど」

「うん？」

「……私、大ちゃんのこと好きだよ」

　あんなにためらっていたひと言を、こんなにアッサリ言えるなんて。

　こんなことなら、もっと早く言えばよかった。どうしてもっと、もっと早く言わなかったんだろう。

　いつか告白できる日がきたら、たくさんたくさん伝えたいことがあった。それなのに、これ以上は言葉が出てこなかった。

　突然すぎたせいなのか、緊張のせいなのか、言ったところでもう無駄だと半ばあきらめているからなのか、自分でもわからない。

　大ちゃんからの返事はなく、その沈黙が苦しい。

　数分、ううん、ほんの数秒だったかもしれない。それでも今の私には、とにかく長く感じた。

『……なんで』

　すごく、小さな声。でも、ハッキリと聞こえた。

　なんで、って？

　大ちゃん、今『なんで』って言ったよね？　どういう意味？

「大ちゃん？」

『……ああ、ごめん。……俺はやっぱりバカかもしれない』

「え？」

『いや……菜摘が俺のこと好きなんて気づかなかったし、今もなんて言っていいかわかんないし……』

　大ちゃん、今どんな顔してるんだろう。

　私の気持ち、気づいてなかったんだ。けっこうサイン出してた……というより、きっと全然隠せていなかったのに。

　大ちゃんって意外と鈍感なんだろうか。それとも、まったく相手にされてなかったのかな。

　ああ、私もバカだ。これから振られるっていう時に、やっぱりこの人が好きだなんて、のん気なこと考えてる。

「……そんな考えこまなくていいよ。返事はわかってるから」

　なんだか拍子抜けしちゃって、〝複雑な関係〟のことも、〝なんで〟のことも、すっかり聞きそびれてしまった。

『……うん、好きか。ありがと』

「一応返事してよ。きっぱり振られたいじゃん」

　強がりだけは一人前だな、と我ながら思う。

　そんなことされたら今以上に傷つくくせに。涙も震える声も、必死でこらえているくせに。本当はどうしようもなく怖いくせに。

　──本当はまだ心のどこかで期待しているくせに。

『……うん。好きって言ってくれてありがと。……でも彼女いるから、ごめんね』

　予想通りの返事を告げられた。

　心の奥底にあった、ほんの少しの期待も願い全部、一瞬にして消え去ってしまった。

　そう、予想通りだった。聞きたい言葉とは全然違う答え。

「うん。わかったよ。私こそ急にごめんね」

　彼女がいなかったら、嬉しい答えをくれた？

　ほしい言葉を言ってくれた？

　卑怯（ひきょう）な大ちゃん。きっぱり振られたい、って言ったのに。

『……ごめんね。じゃあ、またね』

　ねぇ、〝また〟があるの？

「うん。……またね」

　〝ごめんね〟って言った時、大ちゃんの声が少し震えていたのは気のせい？

　たった今振られたばかりなのに、いつまでもこんなことを考えてしまう私はずるい人間なのかな。

　スマホをテーブルに置いて布団にもぐりこむと、ゆっくりと目を閉じた。

　思うがままにすべてを伝えていたなら、なにかが変わったのかな。

　彼女ができる前に伝えていたら、大ちゃんは──。

　どうしてもっと早く告白しなかったんだろう。

　でも、ふたりにはまだ時間があると思っていたのに。

　私はきっと、もしかしたら大ちゃんも同じ気持ちでいてくれてるんじゃないかって思っていた。

　その証拠に、電話を切る直前に浮かんだのは、自分でも

驚くほど見苦しい感情だった。

　──彼女のこと、本当に好きなの？

　なんて最低な考えだろう。本当は、ほんの少しでも、私に気持ちがあるんじゃないか、なんて。

　もう会えないの？

　嘘だよって言ってほしい。彼女なんていないよ、菜摘が好きだよって。夢の中でもいいから、言ってほしい。

　少しでもいいから私のことを考えてほしい。

　片隅でもいいから──君の中に、私の存在があってほしい。

第2章
涙をこえて

きっと楽しくて幸せな恋になる——
君と出会って　どんどん好きになっていって
好きになればなるほど
想像していた未来とは違っていったね

私はとても子供で
でもきっと　ほんの少しだけ
大人になろうとしていたんだ
そんな私にとって　君はとても大人で　輝いて見えて
君といたら　変われると思ったんだ

つながり

　11月中旬にもなると、もうすっかり冬の匂いがする。

　大ちゃんに彼女ができたと聞かされた日――告白をして振られた日から、一度も会うことのないまま1ヶ月が過ぎようとしていた。

「そうそう。菜摘、やっぱりやればできるじゃん」

「うん。私天才かもしんない」

　テストの結果は、自分でも驚くほどよかった。一番の苦手科目である数学の90点を見た時なんて、嬉しくてその場で泣きそうになってしまった。

　でも、そのあとも気をゆるめることなく、休み時間と放課後は欠かさずに伊織から勉強を教わっていた。

「……そういえば、山岸とはどうなったの？」

　控えめに言う伊織に、シャーペンを持つ手が止まる。

「あー……振られたよ。彼女できたってさ」

　顔を上げることなく言うと、目に映っている文字がぐわりと歪んだ。

　ああ、私、振られたんだ。もう会えないんだ。

　自分で言ったのに、改めて現実を突きつけられる。

「……なにそれ」

　いつもより数トーン低い伊織の声が耳に届いた。あわてて顔を上げて目を合わせ、できる限り笑って見せた。

「いいんだよ。しょうがないもん」

　しょうがない？

　本当にそう思っているんだろうか。自分でもよくわからない。

　大ちゃんには彼女ができたんだから、私の気持ちに応えられるわけがない。そんなことはわかっているし、理解はできてる。

　少しでも私と同じ気持ちでいてくれているんじゃないか、と思っていたのは勘違いだった。自惚れでしかなかった。それが現実なんだから、しょうがないとしか言いようがない。

　けれど伊織は納得がいかないらしく、口をつぐんだまま表情を歪ませた。「だから言ったじゃん」と言わないのは、伊織の優しさだと思う。

「じゃあ志望校変えんの？」

　後ろから私のノートをのぞきこむ隆志。だから、どこから出てきたのか。

「盗み聞きばっかりしないでよ」

「いいじゃん。まさか、また私立行くとか言わないよな？」

　もう願書は提出したけれど、すべり止めに私立も受けるから、今からでも変えようと思えば変えられる。でも。

「……言わないよ。頑張るって言ったでしょ」

　動機は不純かもしれない。でも、もう行くと決めた。

　伊織だって自分の勉強時間を削ってまで協力してくれているのに、失恋したくらいでそれを無駄にしたくない。

「そっか。安心した」

　隆志は微笑みながら私の頭を軽くなでると、男の子たち
の輪へ戻っていった。

　その夜、久しぶりに由貴から連絡がきた。
　由貴から連絡がくるのはあの日以来だ。
《今から植木くんち行くんだけど、菜摘もこない？》
　植木くんとは、あの日、結局ほとんど話さなかった。
　小・中と一緒だったわけだから、きっと今まで数えきれ
ないほど顔を合わせてきたはずなのに、いまだにほとんど
初対面の感覚なのだ。変なの。
《あんまり行きたくないんだけど》
　ただでさえ人見知りするのに、さすがに家になんて行き
たくない。
《そんなこと言わないでよぉ。お願い！》
　中学校が別々になるまではしょっちゅう遊んで、すごく
仲が良かった由貴。お願い、と両手を合わせる由貴の顔を
思い浮かべると、断固拒否するのもなんとなく気が引けた。
《わかったよ。行く》
　由貴も私と同じ南高を受験すると決めて、最近は勉強を
していると聞いていた。私以上に勉強が苦手だから、きっ
と今ものすごく頑張っているのだと思う。
　私も私で、毎日毎日大嫌いな勉強ばかりで、正直かなり
ストレスもたまっているし。……失恋の傷はまだ癒えてい
なくて、毎日モヤモヤしてばかりだし。
　今日は人見知りなんか捨てて、気晴らしにとにかく楽し

むのもいいかもしれないと思った。

　近くのコンビニで待ち合わせて、由貴と合流した。

　夜11時過ぎにコンビニの前に立つ中学生は、たぶんちょっと浮いている。

「私もいて大丈夫なの？」

「菜摘もいるって言ったから大丈夫だよ。なんか今、男6人で集まってるんだって。うちらふたりくらい増えたってなんてことないでしょ」

「まあ……うん。別にいいか」

　ふたり並んで自転車をこぎながら白い息を吐く。大ちゃんと出会った頃とはもう比べ物にならない寒さになっていた。

　そういえば、まだ知り合って2ヶ月しかたっていないんだ。2ヶ月といっても今日までの1ヶ月間は会えていないから、大ちゃんと過ごした日々はたったの1ヶ月間だった。

　もっとずっと前から知っていたような、ずっと前から好きだったような気がするのはどうしてだろう。

　出会った日のこと、ゲーセンで初めて話した日のこと、カラオケで再会したあとに公園でたくさん話した日のこと、そして最後に会った日のことを順番に思い出していく。

　たったの4回会っただけなのに、どうしてこんなに好きになっちゃったんだろう。もう1ヶ月も会っていないのに、どうしてまだこんなに好きなんだろう。

　話しながら自転車をこいでいると、由貴が一軒家を指さして「あそこだよ」と言った。私の家から自転車で十分程度の距離。さすが小・中と同じ学区だ。驚くほど近所。

　家の前で由貴が植木くんに連絡をすると「勝手に入っていいよ」と言われたので、自転車からおりて中へ入る。由貴の後ろに続いて植木くんの部屋へと続く階段を上ると、テレビの明かりしかついていない8畳ほどの暗い部屋に、事前に聞いていた通り男の人が6人座っていた。

「おー、やっと来た」

「植木くん、久しぶりー」

　挨拶を交わす由貴の後ろに隠れて部屋を見渡す。そのままふたりで部屋の隅に座った。

　やっぱり来なきゃよかった、と軽い気持ちで来てしまったことを猛烈に後悔するのに時間はかからなかった。

　知らない男の人だらけの部屋は、居心地が悪いなんてもんじゃない。由貴は植木くんとすっかり話しこんでしまっている。

　気晴らしに楽しむなんて意気込んでいたくせに、見事に人見知りが発動して縮こまることしかできずにいた。

　隅っこに体育座りをしてスマホをいじっていると、誰かが隣に座ってきた。

「ナツミちゃん、だよね？」

　金色の柔らかそうな髪が印象的な男の人。

　一重の丸い目を細めて、そのままさっきまで由貴が座っていた場所にあぐらをかいた。

「あ……うん。菜摘です」

　どうして名前を知っているんだろう。植木くんから事前に聞いていたのかな。

　私は自己紹介なんてしていないし、「お邪魔します」と言ってぺこりと頭を下げただけ。我ながら愛想が悪い。

「ここにいるの、バカばっかりだからそんな緊張しなくていいよ。俺、松井駿ね。適当に呼んで！」

「あ、うん。えっと、駿くんね」

　気さくな人でよかった。それから駿くんは私も輪に入れるよう積極的に話を振ってくれた。そのおかげで徐々に緊張がほぐれていき、他の人たちとも打ち解けることができた。

　しばらく話していると、人見知りなんてすっかり消えて、気晴らしをするという当初の目標を達成して楽しく過ごしていた。

「そういえば、みんな南高？」

「そうだよ」

「仲いいんだね。私こないだ体験入学行ったよ」

　言ってから、ふと思った。

　特に意識はしていなかったけれど、植木くんは大ちゃんと仲がいいわけで。その植木くんと仲がいい駿くんたちも、大ちゃんと仲がいいのかもしれない。

「じゃあ大ちゃ……えと、大輔とも仲がいいの？」

「山岸のこと知ってんの？　仲いいよ。俺らみんな同じクラスだし。今日は来なかったけど」

「本当!?」

　やっぱり。聞いてみてよかった。

　駿くんは小学校から一緒の幼なじみで、おまけに部活まで一緒らしい。おかげで大ちゃんがバスケ部だという情報もゲットできた。

　チャンスだ、と思った。

　この１ヶ月間ずっと〝彼女〟が引っかかっていて、どうしても誘えなかった。連絡をすることさえ控えていた。

　たとえ友達としてでもいい。また会える可能性があるのなら、もうなんだっていい。

　大ちゃんに会いたい。

「じゃあみんなで遊びたい！　来週とか！」

「おーいいね！　山岸はいい奴だよ」

　駿くんはアッサリ了承してくれて、大ちゃんのアポまで取ってくれた。１週間後に、私、由貴、大ちゃん、植木くん、駿くんの５人で、植木くんの家に集合することになった。

　植木くんや駿くんは大ちゃんの彼女と知り合いらしく、少しだけ話を聞いた。

　歳は大ちゃんと同じで、名前は〝真理恵〟さん。市内でトップクラスの偏差値を誇る進学校に通っているらしい。

　外見や性格までは聞かなかった。聞けなかった。

　もしも外見や性格までパーフェクトだったら、この場で泣いてしまいそうだったから。

　同い年で、頭がよくて。大ちゃんはそういう人がタイプ

だということがわかったんだから、もうじゅうぶんだった。
そんなの、私のことを好きになってもらえないのは当たり
前だった。

　会ったことも、見たことすらもない真理恵さんの姿を想
像して、勝手に嫉妬した。

＊＊＊

　１週間ってすごく長い。１週間がこんなに長く感じたの
は初めてかもしれない。

　待ちに待った、大ちゃんと１ヶ月ぶりに再会する日。

　午後10時に植木くんを除く４人で待ち合わせをした。「ど
うせならみんなで行こう」と駿くんが提案したのだ。

　駿くんが決めた待ち合わせ場所は、最初に大ちゃんと再
会したゲーセンだった。私は遠回りなんてもんじゃないく
らい植木くんの家のほうが断然近いから、かなりめんどう
くさかったけれど、待ち合わせに参加した。

　少しでも早く、大ちゃんに会いたいから。少しでも長く、
大ちゃんと一緒にいたいから。

　由貴と合流してから待ち合わせ場所に向かうと、背の高
いふたつの人影が見えた。

「あ、来た」

　駿くんが私たちを指さして大きな口で笑う。その隣にい
る大ちゃんは、私を見て小さく笑った。

　ほんの少し気まずそうに見えたのは、大ちゃんが１ヶ月

前のことを気にしてくれているからなのか、私がそう感じ
ているからなのか。

「なんか久しぶり」

「1ヶ月ぶりだね。……ねぇ、彼女いいの？」

　大ちゃんのアポが取れたと聞いた時、駿くんが私と由貴
もいることを言っていないのかと思ったけれど、私たちを
見た大ちゃんは驚いた様子がなかった。ちゃんと事前に
知っていたのだと思う。彼女は嫉妬深いからあまり遊べな
くなるかも、と言っていたのに。

　それでも来てくれた。だから、もしかしたらと思った。
もしかしたら、もう彼女とは別れたんじゃ——。

「いいんだよ。今日は菜摘と楽しむ」

　私の気持ちなんて知らずに、大ちゃんはにっこりと微笑
んで私の頭を軽くなでた。その仕草が嬉しかった。菜摘
と、って言ってくれたことが嬉しかった。

　でも、別れたよ、と返ってこなかったことがショックだっ
た。

　いいんだよって、これからもまた会えるの？　それとも
今日だけ？　今日が終わったら、また会えなくなるの？

　こんなことばかり考えてしまう私は、やっぱり最低だ。

　友達としてでも会えるならそれでいいなんて、どうして
そんなこと思えたんだろう。友達なんて無理だった。ひと
目見ただけで、やっぱり大好きだと確信してしまった。

　1ヶ月も会っていなかったのに、少しも〝好き〟が小さ
くなることはなかった。

　いつもは私が自転車で大ちゃんが徒歩なのに、今日は逆だった。

「チャリなんて珍しいね」

「植木んち遠いもん。バスだと乗り換えあるし」

「あ、そっか」

「てか、乗りなよ。寒いから早く行こ」

　大きな手が私の腕を引っ張った。

　厚着<ruby>あつぎ<rt></rt></ruby>なのに、触れられた感触<ruby>かんしょく<rt></rt></ruby>がしっかりと残る。触れられた部分が熱い。

「あ……うん」

　私は大ちゃんの、由貴は駿くんの自転車の荷台に座る。大ちゃんの腰に手を回すと、自転車が発進した。

「菜摘、重くなった？　太ったろ？」

「太ってないよバカ！　厚着だからだもん！」

　笑う大ちゃんの背中をばしんと叩く。仮<ruby>かり<rt></rt></ruby>にも女の子に言うことじゃないでしょ。

「いてぇな！　殴んなよ！」

「うるさいバカ！」

　私たちの言い合いに、由貴と駿くんが笑う。気づけばいつものノリになっていて、緊張はすぐにほぐれていった。

「そういやお前、髪黒くしたんだね」

　黒くしたの１ヶ月前ですけど。ちなみに、黒くしてから１回会いましたけど。

　どんだけ私に興味ないの、大ちゃん。

「受験生だもん」

「うちの高校来るんだよね？」

「うん。勉強頑張ってるよ」

「いい子じゃん」

「優等生だもん」

「はは、嘘つくなって」

　大ちゃんの紺色のマフラーが風に揺れる。

「頑張って受かれよ。待ってるから」

　──頑張るから、あんまりドキドキさせないでよ。

　頑張るよ、頑張るに決まってる。大ちゃんに彼女ができたと知った日から、今まで以上に頑張っていた。

　今までみたいに誘ったりできない。もう遊べないかもしれない。でも、同じ高校にさえ行けば、会うチャンスはいくらでもある。

　そう、思い返してみれば私はそんなことばかり考えていた。最初からあきらめるつもりなんてなかったんだ、と今さら気づいた。

　1ヶ月ぶりだというのに、なにより告白してから初めて会ったというのに、私たちは一切そのことに触れなかった。まるで昨日まで普通に遊んでいた友達みたいに、なんでもない話をして笑い合っていた。

　しばらく走っていると、大ちゃんの背中で前は全然見えないものの、前にいた由貴と駿くんの話し声が遠ざかっていることに気づいた。

「山岸さん」

　ママチャリでふたり乗りって至近距離になるから、私の心臓はなかなか落ち着いてくれない。すぐ目の前に大ちゃんの背中があるんだから当たり前だ。

　それをごまかすように、大ちゃんの紺色のマフラーを軽く引いた。

「なにが〝山岸さん〟だよ」

「ちゃんと駿くんについてってる？」

　遠ざかっていく……っていうか、もうほとんど聞こえない。

「駿、速すぎ。超張りきってんじゃん」

　赤信号に引っかかって止まると、もう完全に聞こえなくなった。駿くんは横断歩道の先で止まることなく行ってしまったらしい。

「大ちゃんがとろいんじゃん」

「俺はマイペースなんだよ。俺とふたりっきりになるの、嫌？」

　マイペースというか、なんというか。

　大ちゃんが急に振り向くから目が合って、心臓がドキリと大きく波打った。

「……嫌じゃないです」

　嫌なわけない。冗談でも嫌なんて言えない。

「だろー？　素直でよろしい」

　無邪気に笑って、大ちゃんが私の頭をくしゃくしゃとなでた。

　だって、ずっとこのままがいいって思ってる。時間が止

まってくれたらって、本気で願ってる。

　ずっとふたりでいられたらいいのに。

　植木くんの家に着いて中へ入ると、大ちゃんが床にあぐらをかいて座ったから、私もその隣に座った。

　ベッドは先に着いていた由貴と部屋の主である植木くんが占領しているし、植木くんの部屋はハッキリ言って汚いから他に座る場所がない。そのおかげで自然と隣に座れたわけだから、床に散らばっている服やら漫画やらなんやらに感謝しなければ。

　話したりゲームをしたり、ゲームに飽きたら映画を観たり、楽しい時間はあっという間に過ぎていく。

「俺ちょっと寝るわ」

　夜が更けてきた頃、植木くんがそう言って床に寝転んだ。散らばっている服を布団代わりにしている。

　それからまたしばらくした頃に由貴と駿くんも「眠い」と言いながら、私と大ちゃんを残して眠りについてしまった。

　いつもなら私も眠くなる時間だけれど、隣に大ちゃんがいるんだから眠れるはずがない。

　突然やってきたふたりきりの時間に、やっと落ち着いていたはずの心臓がまた騒ぎ始める。それをごまかすように「みんな寝ちゃったね」と言いながらお茶を手に取った。

　キャップを開けて口に運ぼうとした時、横から大ちゃんの手が伸びてきて、私の手からペットボトルが離れていっ

た。大ちゃんは私から強奪したお茶を2、3口飲んでから、それを私の手に戻した。

　本当にやめてほしい。そういうことをされる度に、私の心臓は爆発寸前になってしまうというのに。

「みんな寝ちゃったね」

「ね。私まだ眠くないなあ」

「俺も。じゃあ散歩でもする？」

　散歩？　それって、ふたりで？

「うん！　行く！」

　そんなの行かないわけがない。

　さっそく立ち上がって上着を着る。

「お前、けっこう素直だよね」

　大ちゃんも立ち上がり、私の頭を軽くなでた。

　この身長差がちょっと嫌。なんか兄妹みたい。

「可愛い？」

「はあ？　バーカ」

　バカって。そんなこと言いながら、触れる手は優しいんだ。優しい顔して笑うんだ。

　どうしてかな。大ちゃんに触れられると、嬉しいはずなのに、寂しくなる。すごく、すごく切なくなる。

　またこんな風に笑い合える日がくるとは思わなかった。

　告白をした日から、何度も何度も最後に会った日のことを思い返していた。

　弱くて綺麗な、寂しい瞳を初めて見たあの時、なにか言

うべきだったんじゃないか、って。何度考えても、答えは
見つからなかったんだけど。

　今目の前で笑っている大ちゃんとあの日の大ちゃんは、
まるで別人みたいだ。

　どっちが本当の大ちゃんなんだろう。いつも笑っている
この人の笑顔は、本当の笑顔なんだろうか。

　ふと、そんなことを思った。

初めて

　もう私と大ちゃん以外はみんな寝ているから、なるべく音を立てないようこっそりドアを開けて外に出た。

　11月下旬の深夜は、まだ雪が積もっていないとはいえ空気はキンと冷えきっていて、散歩するにはちょっと寒すぎる。

「マジ寒いっ！」

　大ちゃんが叫びながら大きく身震いをした。

「そう？　私あんまり寒くないんだけど」

「は？　お前おかしいって！」

「大ちゃん薄着だからじゃん」

　マフラーにコートを着ている私に対して、大ちゃんはマフラーにパーカーのみ。

「このパーカーの下、Tシャツ」

「バカだ」

　そりゃ寒いでしょ。軽く言い合いをして、ふたりで笑い合う。

　先に歩きはじめた大ちゃんのあとを追って、隣に並んで歩いた。

「どこ行くの？」

「だから、散歩」

「だから、どこ行くの？」

「適当にぶらぶら歩くのが散歩だろ」

　そうなのか、適当にぶらぶら歩くものなのか。まあ、そもそも歩いて行ける距離にあるのなんて、小さな公園かコンビニくらいしかないか。

　別に目的地なんかなくても、大ちゃんと一緒にいられるのなら、ただ歩いているだけでもじゅうぶんなんだけど。

　納得してついていくと、ふいに私の右手と大ちゃんの左手が触れた。たまたまあたっただけじゃないと気づいたのは、ふたりの手の平が重なった時だった。

　あわてて大ちゃんを見上げても、私をひどく動揺させている張本人は涼しい顔をして前を向いていた。

　この人はいったいなにを考えているんだろう。

　私のことを振ったくせに、どういうつもりでこんな――期待させるようなことをするんだろう。

　いくら考えてみてもわからない。今わかることは、この手を振り払うのが正解だということだけ。大ちゃんには彼女がいるんだから。

　そう。彼女が、いるんだ。

「……彼女いるのに、他の女と手なんか繋いじゃっていいの？」

「散歩って、手繋ぐもんじゃん」

　繋いだ手を私に見せるように上げて、にっこりと微笑んだ。

　そうなのか、手を繋ぐものなのか。

　……いや、そんなわけがない。カップルならそうかもしれないけれど、私は彼女でもなんでもない。

「……やっぱり大ちゃんはチャラ男だ」

「ちげぇって。誰とでも繋ぐわけじゃないし」

　なにそれ。どういう意味？　私は特別ってこと？

　大ちゃんにはもう彼女がいるのに。こんな自惚れでしか
ないこと、もう思いたくないのに。期待したくないのに。

　それでも私は、この手を振り払うことなんてできない。
自分から離れることなんてできない。

　だって私、結局嬉しかった。大ちゃんがなにを思ってい
ようと、どんな意味だろうと、一緒にいられる〝今〟が、
手を繋いでいる〝今〟が、ただただ幸せだった。

　大ちゃんが好きで好きで、この手を決して離したくな
かった。

「実はね、初めてなんだよね……」

「ん？　なにが？」

「……手……繋いだの」

　こういう暴露ってけっこう恥ずかしい。

「は？　嘘だろ？　彼氏いたのに？」

「……本当です」

　大ちゃんが大げさに驚くから、顔がぼっと熱くなって炎
が噴射しそうだった。

　自分でもおかしいと思う。カップルがするようなことは
ひと通り経験があるのに、手を繋いだことがないなんて。

「あー……そっか。なんかごめんね」

　大ちゃんの手の感触が、少しずつ消えていく。

　離したくなくて、離してほしくなくて、とっさに右手に

ぎゅっと力をこめた。

「ううん、大丈夫！　温かいし！」

　初めて繋いだのが大ちゃんだから、大ちゃんとだから繋いでいたいのに。今この瞬間だけでも離さないでほしい。

　驚いたように目を丸くした大ちゃんは、「そっか」と言ってにっこりと微笑んだ。離れかけた手がまた元に戻る。

　今度は指を絡めて、しっかりと握った。

　大ちゃん、手が冷たい。

「俺も初めてだよ」

「え？」

「〝大ちゃん〟って呼ばれるの、初めて」

　少し、ほんの少しだけど、そう言った大ちゃんの顔が照れているように見えた。

「ほんと？」

「うん。みんな普通に〝山岸〟か〝大輔〟って、呼び捨てだもん」

「そうなんだ。……そういえば、私も男の人にあだ名つけたの初めてだ」

　言ってから、いくらなんでも規模が小さすぎたかなと思った。

　でも、それでも言いたかった。どんなに小さなことでも、お互いの〝初めて〟を共有できたことが嬉しかった。

「マジ？　初めて尽くしだね」

　大ちゃんの照れた顔を見たのも、今日が初めてだよ。

「まあ、だからさ、これからも大ちゃんって呼んでね」

　そんな笑顔向けないでよ。大好きすぎてたまらない。

　私は——大ちゃんの中に存在しているのかな。大ちゃんの中で、少しでも〝特別〟でいられてるのかな。

　植木くんの部屋に戻ると、なぜかみんな床に雑魚寝していたおかげでベッドが空いていた。

「ベッド空いてんじゃん。ラッキー。菜摘、寝よ」

「へっ？」

　寝よって……。

「一緒に寝るの？」

「うん。だってベッドしか空いてないし。嫌？」

　大ちゃんはずるい。「嫌？」なんて聞かれたら、「嫌」なんて言えない。

「……嫌じゃない」

　たとえなんて聞かれようと、断ったりできないんだけど。

　私はとことん大ちゃんに弱い。一生勝てない気がする。これが惚れた弱みってやつだろうか。

「おいで」

　〝おいで〟って言われたら、素直にうなずいてしまう。絶対に拒めない。

　先に壁側に寝転がった大ちゃんに腕を引かれて隣に寝転がる。シングルベッドにふたりは狭いし、眠りが浅い私は人と寝るのがあまり好きじゃない。

「狭い？」

「ううん、大丈夫」

でも、どうしてだろう。

隣に大ちゃんがいて、緊張しているのに。ドキドキしているのに。

「なんか、落ち着く……」

大ちゃんの隣は心地よくて、妙に安心して、ついうとうとしてしまう。

目をつぶると、大ちゃんの手が私の前髪にそっと触れた。

――気のせい、かな。

夢か現実かわからない。

一瞬だけ、おでこにキスをされた気がした。

「おやすみ」

夢の中へとおちていく時、耳元で鳴った大ちゃんの声を聞きながら、この夢が決して覚めませんようにと願った。

起きたのは昼過ぎだった。帰る準備を済ませて植木くんの部屋を出る。由貴と駿くんはひと足先に帰ったから、途中まで大ちゃんとふたりきり。

大ちゃんが自転車を押しながら、ふたり並んで歩く。いつの間に降ったのか、外はうっすらと雪が積もっていた。

「菜摘、乗れば？」

「ううん。今日は歩きたい気分」

「なんだそれ。昨日あんなに歩いたじゃん」

少しでも長く一緒にいたいんだよ。

ふたりで歩ける距離は300メートル程度しかない。それを過ぎると、お互いの家は逆方向。たったの数分でも、そ

の短い時間も大切にしたい。次はいつ会えるのかわからないから。

　大ちゃんの、ふいに見せる優しい笑顔が大好きで、笑ってほしくて、頭をなでてほしくて、名前を呼んでほしくて。

　たくさん、たくさんしゃべった。精いっぱい、明るく振る舞った。

「お前、本当によくしゃべるな」

「大ちゃんだってよくしゃべるよ」

　自分のことは、あまり話してくれないけれど。

「お前、ほんと飽きないな」

「ほんとにそう思ってくれてる？」

「ほんとだよ。疑うなよ」

　それなら、ずっと一緒にいてよ。

　私のこと、好きになってよ。

　この願いは叶わないのかな。

　まだ暗くないし、私の家は近いし、今日は送ってもらわずにひとりで帰ることにした。

「菜摘、あっちだろ？」

「うん」

　300メートルなんてあっという間。大ちゃんが隣にいるから、余計に短く感じる。

「じゃあ、もう暗くなるし、気をつけて帰れよ」

　優しく微笑み、私の頭をなでた。

　この仕草がたまらなく好き。大ちゃんのおかげで、この

低い身長も好きになれた。

「……うん。大ちゃんも気をつけてね」

　離れたくなくて、寂しくて、目頭が熱くなる。

　でも、必死にこらえた。意地でも強がりでもなく、ただ、笑っていてほしいから。大ちゃんといる時は、できるだけ笑い合っていたいから。

「じゃあ、またね」

　大ちゃんの口癖。なんの意味も込めていないかもしれないけれど、言われる度に笑顔になれる。

　〝また会えるよ〟

　そう言ってくれている気がするから。そのたったひと言がたまらなく大好きだった。

「うん。またね」

　また会いたいよ。ずっとずっと、会っていたいよ。

　離れたくない。離したくない。

　一緒にいたい。そばにいたい。

　隣にいたいよ。いさせてよ……。

　手を振り、遠くなっていく大ちゃんの背中を見送ってからひとり家路を歩いた。

　寒いな。手がかじかむ。

　大ちゃんが隣にいる時は、あんなに、あんなに温かかったのに。

信じたい

　12月に入ると、街はあっという間に真っ白に染まっていた。地獄としか思えないテストラッシュも終わり、あとはイベントが盛りだくさんの冬休みを待つのみ。

　スマホがけたたましく音を立てたのは、そんな冬休み直前の深夜だった。

『菜摘、すぐ来れる!?』

　電話に出た途端、由貴はあわてた様子で言った。

　電話がくるまで眠っていた私も、由貴の焦りように驚いてすぐに目が覚めた。

「由貴、どうしたの？」

『さっき偶然植木くんたちと会って話してたんだけど、変な人たちに絡まれちゃって……ねぇ、菜摘来れない!?　由貴どうしていいかわかんない……っ』

　由貴の声はひどく震えていて、泣いているようだった。

　私が行ったところでどうにかできるわけじゃないとわかっていても、由貴を放っておけるはずがない。電話をしながら急いで外へ出る準備をはじめた。

「場所どこ？」

『植木くんちの近くの、えっと……公園で隠れてる。由貴たちだけ逃がしてくれて……』

　よかった、すぐに行ける。「わかった」と言いかけると、由貴は急いで続けた。

『ごめんね、巻き込んで……でも、山岸くんが止まんない
の！ なんかもう、菜摘呼ばなきゃと思って……っ』

　大ちゃんもいるの？ 止まらないって……。

　また嫌な予感がした。あの日の冷たい目を、顔面蒼白に
なっている相手の首を絞め続けていた大ちゃんを思い出
す。

「すぐ行くから待ってて！」

　急いで家を出た。

　大ちゃんを止めなきゃと、無我夢中で雪道を走り続けた。

　公園のどこかに隠れている由貴を見つけるより先に、10
人ほどの男の人たちが目に入った。胸ぐらをつかんで殴っ
て、蹴って。その中には植木くんや駿くん、前に植木くん
の部屋で会った人たち、そして大ちゃんがいた。

　ずっと全速力で走っていたから、息が上がってうまく呼
吸ができない。気温は氷点下だというのに汗だくだった。

「大ちゃん……っ」

　迷わず男の群れに飛び込み、ひとりを殴り続けている大
ちゃんの腕にしがみついた。

　巻き添えをくらうかもしれない、もしかしたら自分も怪
我をするかもしれない。そんなことにまで頭が回らなかっ
た。

　大ちゃんを止めなきゃ。考えていたことはそれだけだっ
た。

「……菜摘、なんでいんの？」

　突然現れた私に、大ちゃんは驚きを隠さずに目を丸くして手を止めた。

「ねぇ、なにやってんの!?　警察呼んだから！」

　なんとか止めたいけれど、私の力じゃ到底無理だと思い、とっさに嘘をついた。

　それを聞いた男の人たちは「マジかよ」と一目散に逃げていく。植木くんたちも私がいることに気づいて驚きながらも、あわててその場から走り去っていった。

「……嘘ついちゃった。警察なんか呼ぶ余裕なかったし」

　公園に残ったのは私と大ちゃんだけ。

　なにを言えばいいのかわからない私は、そんなことを言いながら少し笑った。全然おかしくなんてないのに。

　どうしたらいいかわからなくて、笑わないと立っていられなかった。

「菜摘、なんで——」

「帰るね」

　なんでいるの、と続いただろう言葉をさえぎって、大ちゃんに背中を向ける。

　自分から大ちゃんに背中を向けたのなんて初めてだった。

「待って」

「由貴に連絡しなきゃだし。……じゃあね」

　怒りたかった。泣きたかった。

　だって、もうしないって約束したのに。嘘つき。

　背中を向けて、その場から逃げるように足早に歩いてい
く。

　公園の出入り口に差しかかった時、後ろから強く腕を引
かれた。

「菜摘、待てって！」

　どうして追いかけてくるの。

　ほっといてよ。嘘ついたくせに。約束破ったくせに、追
いかけてこないでよ。

「……菜摘、こっち向いてよ」

　私を呼ぶ声は少しかすれていた。

　振り向きたくない。顔なんて見たくない、見せたくない。

　お願いだからそんな声を出さないでほしい。

「菜摘……」

　名前、呼ばないでよ。

　もう一度ためらうように軽く腕を引かれて、足を止めた。

　それでもうつむいたまま振り向かない私の腕を離さず
に、横からそっと顔をのぞきこんだ。

「……なに泣いてんだよ」

　涙をこらえることなんてできなかった。

　今日ばかりは追いかけてこないでほしかった。泣いてい
るところなんて見られたいわけがなかった。

　それに、どうして泣くのかと聞かれたら、なんて答える
べきなのかわからない。

「……泣いてるとこ、初めて見た」

　こんな形で見られたくなかった。

　とても、とても哀しそうな大ちゃん。

　私の涙は止まらない。

「泣かないで。お願いだから……」

　止められるものなら止めたい。涙を止める術なんて私は知らない。泣きやめと言うなら教えてほしい。

「……ごめんね」

「……大ちゃん、嘘つきじゃん」

「……ごめん」

「謝るならなんであんなことするの!?」

　大ちゃんに対して怒鳴ったのも初めてだった。

　絡まれたならしょうがないねって、怪我しなくてよかったって、そんなことを言う余裕なんてなかった。

　約束を破られたことがただただショックで、私は一方的に大ちゃんを責め続けた。

「……約束したじゃん。もうしないって、ごめんねって言ったじゃん。嘘つき……」

　止めようと思えば思うほど、涙は溢れる一方で。

　怒りなんて最初からなかったのかもしれない。あるのはやっぱり、哀しみだけ。

　そう──哀しかった。

　前も今日も、大ちゃんを見た時にひどく違和感があった。前はわからなかった違和感に、今日気づいてしまった。

　大ちゃんは、反撃されてもまるで自分のことを守ろうとしていなかった。

　殴られる時、普通は反射的によけようとしたり防御した

りするものだと思う。けれど大ちゃんは、そのどちらかを
する素振りがまったくなかった。まるで暴力を受け入れて
いるみたいだった。

　大切な人が自分を守ろうとしない。そんな哀しいことが
あるだろうか。

「……嫌いになった？」

　大ちゃんはずるい。

「お願いだから……」

　その先を言わないで。

　聞いてしまったら、私はきっと拒めない。許すしかなく
なってしまう。

「嫌いにならないで」

　大ちゃんはずるい。

　そんな声で、そんな表情で、そんな台詞を言われてしまっ
たら、嫌いになれない。許してしまう。

　涙が止まらない。

「俺……菜摘にだけは嫌われたくない」

　大ちゃんの、私の腕をつかむ手が強くなる。

　小さく鳴ったその声は、静かに降る雪にさえも負けてし
まいそうで。

「信じられるのは、菜摘だけだから」

　なんてずるい人なんだろう。

　なんで、こんなに好きなんだろう。

「大ちゃんは……ずるいよ」

　追いかけてこなければ、その台詞を聞かなければ、嫌い

になれた？

　なれるわけないんだ、絶対に。

　つかまれている腕をぐっと引かれて、私は抵抗することなく素直に抱きしめられた。そっと背中に手を回すと、大ちゃんは少し震えていた。

　なんて寂しくて孤独な人なんだろう。そう、思った。

　でも、どうしてだろう。どうしてそう感じるんだろう。それはわからないのに、ただただ大ちゃんを寂しいと感じる。

　やっぱり私はおかしいのかな。こんな大ちゃんを見る度に綺麗だと思う。

「……もう1回、信じるから」

　きっと、何度嘘をつかれても、たとえ裏切られても。私は君を信じ続けてしまう。

　その度に、私は君を、もっともっと好きになる。

「菜摘は俺のこと信じてくれる？」

「あと1回だけね」

「また約束破ったら？」

「そんなの知らないよ」

「今度こそ嫌いになる？」

　いっそのこと、嫌いになれたら楽なのに。

「なれないよ。だからやめてね」

　ゆっくりと体が離れ、顔を見合わせる。

　大ちゃんはにっこりと、優しく微笑んだ。

彼女の存在

　これまで伊織と隆志には大ちゃんのことを報告していたのに、彼女ができたあとに大ちゃんと会ったことも、また連絡を取り合っていることも言っていなかった。手を繋いで歩いたことなんて絶対に言えなかった。

　自分のことも大ちゃんのことも、悪く言われるのが嫌だったから。そしてなにより、自分の恋を否定されて、怒られるのが嫌だった。

　ふたりも私になにも聞いてこないのが救いだった。もう私があきらめたと思っているのかもしれないし、単に聞きにくいのかもしれない。あれだけ騒いでいたのに突然なにも言わなくなれば、聞きにくくなるのも当然だけれど。

　冬休みに入り、年が明ける少し前。

　勉強をしている時、スマホの画面に大ちゃんからのメッセージが表示された。

　出会ってから３ヶ月。連絡なんて何度もとっているのに、さすがにもう名前も見慣れたはずなのに、やっぱりまだドキドキする。

《修学旅行のお土産忘れてたんだよ！　ほしい？》

　修学旅行って、もう２ヶ月も前だ。お土産の話なんてすっかり忘れていた。

《腐(くさ)ってないならほしい》

　食べ物だったら腐ってるよね。なんだろう。

《食べ物じゃないから。まあ楽しみにしてろよ》

　送りながら、きっとニヤニヤしてるんだろうな。そんな姿が目に浮かぶ。

《わかったよ。楽しみにしてるね》

　私が驚くような物なのかな。なんだろう。

　お土産の内容よりも、大ちゃんに会えるのが嬉しくて、何度もそのやり取りを読み返した。

　会う約束をしたのは翌日。大ちゃんは部活があるらしく、終わったあとに公園で待ち合わせることになった。

　この公園に来るのは久しぶりだ。屋根のついたベンチに座って待っていると、約束の3時になる少し前に大ちゃんから連絡がきた。

《今終わった。もう着いてる？》

《屋根ついてるベンチにいるよ》

　昨日の夜からずっと落ち着かない心臓がさらに騒ぎはじめる。

　大ちゃんに会う時は毎回そうなんだけど、今日はいつも以上に緊張していた。最初からふたりで会う約束をしたのは初めてだから。

　スマホをいじりながら返事を待っていると、小走りに向かってくる大ちゃんの姿が見えた。

「お待たせ。ごめん、寒かった？」

　目の前まで来た大ちゃんは少し息が上がっていた。部活

終わりできっと疲れているはずなのに、急がせてしまった
ことが申し訳ない。

　でも、私が待っていると思って急いで来てくれたのだと
思うと、嬉しさのほうが勝ってしまった。

「寒いよー。10分くらい待ったもん」

「マジで？」

　まるでカップルみたいな会話にドキドキする。大ちゃん
は申し訳なさそうにもう一度「ごめんね」と言いながら私
の隣に座った。

　大ちゃんが隣に座ると、少し温かくなった。癖なのか故
意なのか、この人は基本的に距離が近いのだ。

　全神経が右肩に集中した。

「ほっぺ真っ赤だよ。そんな寒かった？」

　大ちゃんの冷たい手が、私の頬を優しく包む。

　私なんかより大ちゃんのほうがずっと寒そうだ。久しぶ
りの学ラン姿に、カーディガンと、私服の時も使っていた
紺色のマフラーがつけ足されているだけ。

　決して暑がりではなさそうなのに、絶対にコートは着な
いという断固たる決意でもしてるんだろうか。

「大ちゃんのほうが寒そうだよ」

　私も大ちゃんの髪についている雪を軽く払う。「ありが
と」と小さく微笑んで、つけていた紺色のマフラーを私の
首にそっと巻いた。

　そんなことしなくたって、頬に触れられた瞬間、もう熱
くなっちゃってるのに。

　大ちゃんは私にマフラーを巻いてくれた手を戻すことなく、そのままマフラーの内側に隠れた私の髪を両手で外に出した。

「菜摘、髪伸ばさないの？」

「え？　なんで急に？」

　毛先をつまんでみると、肩にあたる程度の長さ。そういえば、少し前に切ったばかりだ。

「なんとなく。髪ストレートで綺麗だし。長いほうが似合うんじゃないかと思って」

　もしかして、髪の長い子が好きなのかな。そういえば大ちゃんの好みをちゃんと聞いたことがない。ちっちゃい子が好き、っていうのは覚えてるけど。

　……彼女も、髪がストレートで綺麗な人なのかな。ロングヘアーなのかな。背が低いのかな。

「……うん、伸ばしてみよっかな」

　複雑な気持ちを抱えながら、それでも髪が綺麗だと言ってくれたことが嬉しかった。

　長くなったら──私を見てくれる？

　そんなことを言えるわけもなく、心に芽生えたモヤモヤをごまかすように切り出した。

「ね、お土産は？」

「あ、そうそう！」

　待ってましたと言わんばかりにカバンの中を漁る。スマホやらジャージやらを取り出してベンチに置いていく。

　ほぼ空っぽになったカバンの底から「あった！」となに

かを取り出した。

「ほら！」

　ニコニコしながら、それを私の顔の前に差し出した。

　大ちゃんが差し出した物は、とても可愛いとは言いがたい……正直ウケ狙いとしか思えない、ブサイクな猫のキーホルダーだった。

　期待していただけに、反応に激しく困る。

「……大ちゃん。これさ、ウケ狙いだよね？」

「え、可愛くない？」

　真顔で言われて余計に驚いた。本気で可愛いと思ってるのかな。ちょっとセンス疑っちゃう。

「もっと可愛いのがよかった」

　いくつかメジャーなキャラクターの名前を出していくと、「えー、メジャーだからダメ」と言われた。

　メジャーだからダメ、の言い分がわからない。それに、これはマイナーなんてレベルじゃない。見たことがないし、修学旅行先のご当地キャラだろうか。

　大ちゃんはキーホルダーをまじまじと見ながら、可愛くないかな、とつぶやく。

「……嘘だよ、ありがと。大切にするね」

　そんな大ちゃんを見て、自然と笑みがこぼれた。

　だって、可愛いと思っちゃったんだもん。困った顔の大ちゃんも、そんな大ちゃんがくれた、このキーホルダーも。

「一生大切にしろよ」

「うん」

　それに、私のために選んでくれたんだ、とか、選んでい
る時だけは私のことで頭がいっぱいだったのかな、とか、
そう考えただけで本当に本当に嬉しい。結局、大ちゃんが
くれる物ならなんだってかまわないという結論に至った。

　出した物をカバンにしまっていく。このあとどこかに移
動するのか聞こうとした時、大ちゃんがちらりと腕時計を
見た。

「もしかして、なんか用事あるの？」

「あー……うん。……今日は彼女と会うんだよね。ごめん」

　彼女──。

　真っ白な世界がグレーに染まった。

「……じゃあマフラー返すよ。いつもつけてるんじゃない
の？　なかったら変に思われるかもよ」

　どうして今日、彼女と会うの？

　どうして彼女と会うのに、私と会う日を今日にしたの？

「いいよ、寒いし。ね？」

　マフラーを外そうとした私の手を大ちゃんがつかむ。

　優しくしないでよ。泣いちゃうじゃん……。

「……じゃあ、今度返すね」

　初めてふたりで会う約束をして、浮かれすぎていた。

　私にとっては特別な日でも、大ちゃんにとってはお土産
を渡すために少し空いた時間を利用しただけ。

　どうしてこんなに傷ついているんだろう。彼女を優先す
るのは当たり前なのに。大ちゃんが私に気持ちがないこと
なんて、もうとっくにわかっていたはずなのに。

「うん、素直でよろしい。でもあげるよ、それ」

「……ありがとう」

　そんなに優しく微笑まないでほしい。

　優しい手で、髪に触れないでほしい。

　涙をこらえるのって、けっこう大変なんだから。

「じゃあ……またね」

　不安に押しつぶされそうで、大ちゃんの口癖を真似して
しまった。

　また会えるよね……？

「うん。わざわざ来てくれたのにごめんね。気をつけてね」

　立ち上がって私の頭を軽くなでると、大ちゃんは手を振
り、背中を向けて歩いていった。

『本当に彼女いるの？』

　つい聞いてしまいそうになるくらい、大ちゃんは彼女の
話をしなかった。とても彼女がいるような態度じゃなかっ
た。

　初めて大ちゃんの口から出た〝彼女〟という言葉は、思っ
ていたよりもずっとずっとショックだった。それに、今日
は大好きな〝またね〟が聞けなかった。

　もう会えないのかな……。

　たったひと言聞けなかっただけなのに。いつもそんな不
安にかられてばかりいる。

　誰もいない静まり返った公園で、パラパラと降る雪を見
上げていた。

　たった今までここにいた大ちゃんの存在を噛み締めるように、紺色のマフラーをぎゅっと握り締めながら。

浮気相手

　年が明けてお正月番組にもだいぶ飽きてきた頃、深夜に
スマホが鳴った。眠りに入っていた私は、だるい体を起こ
してスマホを確認する。相手は大ちゃんだった。

　どうしたんだろう。大ちゃんとは初詣で会ったけれど、
お互い友達といたから少し話して別れたきりだった。

　熟睡していたはずなのに、その名前を見るだけで一気に
目が冴えてしまう。

《起きてる？　あのさ、カラオケ行きたくない？》

　寝てましたけど。

　時間を確認すると、もう深夜2時半。非常識だなあと思
いながらも、指先はすでに動いている。

《ずいぶん急だね。行ってきなよ》

　一緒に行こうと言いたいのは山々だけど、私からは誘わ
ない。誘えない。自分から誘うのはしばらくやめる。

　大ちゃんの口から初めて聞いた〝彼女〟という言葉の破
壊力は半端じゃなくて、絶大なダメージを受けた心は1週
間が経ってもまだ修復しきれていなかった。

《菜摘、久々に行かない？　明日空いてる？》

　予想外だ。まさかこんなにアッサリ誘われるとは思わな
かった。

　もちろん遊びたいに決まってる。明日と言わず今すぐに
でも会いたいくらい。

　思いのままに返したいところだけど、その前に聞かなきゃいけないことがある。

《彼女は》

　そこまで打つと、指が止まった。

　文章の続きは頭に浮かんでいるのに、それを打つことができなかった。

　別れてないって言われたら、私は断れるんだろうか。『そんなのダメだよ』って、『彼女のこと大切にしなよ』って言えるのかな。

　きっと無理だ。言えるわけがないし、言いたくもない。

　誘えないのは嘘じゃない。自分からは誘えないから、大ちゃんから誘ってほしかった。そんな計算じみたことや試すようなことはしたくないのに。

《うん、行こっか》

　いくら考えたところで、私は結局、会いたいという欲求に負けてこう返してしまう。

＊＊＊

　待ち合わせは、大ちゃんの部活が終わる3時。指定されたのは今日も公園だった。

　バスをおりて公園まで歩いていくと、大ちゃんはすでにベンチに座っていた。部活帰りのはずなのに、なぜか私服。

　今日はよく晴れているから、頭に雪が積もっていることはなかった。

　近づいていくと、私に気づいた大ちゃんも立ち上がる。
「遅れてごめんね。寒かった？」
「今来たばっかりだから大丈夫だよ」
「そっか。よかった」
　話しながら歩いてカラオケに向かう。注文したコーラと
アイスココアが届いた時、さっそく大ちゃんが私をどん底
に突き落とした。
「あのさ、さっき思ったんだけど……これって浮気になん
のかな」
　やっぱり別れてないんだ。
　私は今日、浮気相手なんだ。
　治りかけていた心の傷がまた深手を負ってしまった。
「……なるかもね。彼女に隠れて他の女とふたりで会うな
んて、一般的には浮気なんじゃない」
　どの口が言うんだろう。
　別れていないことなんて、なんとなくわかっていたくせ
に。だから《彼女はいいの？　怒られないの？》と最後ま
で打つことができなかった。
　別れていないことを肯定する文章が返ってきたら、今日
の誘いを断らなきゃいけなくなると思った。だから、なに
も気づいていないフリをして今日会うことを選んだ。
「あー……そっか。……菜摘は？　彼氏できた？」
　なにそれ。意味がわからない。
　どうしてそんなこと聞くの。本当に私の気持ちわかって
ないの？

　告白してから日はたっていても、私は相変わらず気持ちを隠せていないと思う。あきらめるどころか、気持ちはどんどん大きくなっていくばかりなんだから。

　それとも、わざと？

「……なんで？」

　声が震える。

　私が好きなのは大ちゃんだよ。気づいてないの？

　もし気づいてて言ってるなら最低だよ。

「いや、なんとなく」

「いないよ。できないし」

「そっか」

　カラカラに渇いた喉にアイスココアを流しこむ。

　私は大ちゃんが好きだよ。好きで好きでたまらないんだよ。

　本当に気づいていないならそれでもいい。でも、もし、わかったうえでこんなことを言っているのなら。

　それは、俺のことはあきらめろって、他の男を見つけろってことだよね。私だってそんなにバカじゃない。

「……大ちゃん」

　それなら、やることはひとつだけ。ごまかされるくらいなら、この想いを伝えればいい。

　ちゃんと言葉にして、もう一度——。

「あのさ……」

「わっ」

　言いかけたところで、大ちゃんが短く鳴ったスマホを見

て小さく跳ねた。

　テーブルの上に置いてあるスマホの画面にはメッセージが浮かんでいる。

「え……なに？　どうしたの？」

「彼女だ」

　彼女って……嘘でしょ？　このタイミングで？　それヤバいんじゃ……。

「なんてきたの？」

　ここで〝彼女〟が出てくるとは思いもしなくて、告白なんてもうできなかった。

　バレたの？　どこかで見られた？　おそるおそるふたりで内容を見る。

《ふざけんな。今すぐ電話して》

　……完璧にバレてるね。

「どこで見られたんだろ。あいつの友達にでも見られたのかな……」

　動揺する大ちゃんを横目に、私はもはや落ち着きを取り戻していた。

　バレちゃったんだ。彼女に呼び出されたりするのかな。平然とそんなことを考えていた。焦りもなければ恐怖もない。

　大ちゃんが返さずにいると、またすぐにスマホが鳴った。

《一緒にいる女の番号教えて。名前は？》

　……呼び出されるみたいだね。

「超キレてんじゃん。どうしよ」

大ちゃんは画面を見ながらそんなことを繰り返す。

進学校に通っていると聞いたから勝手に清楚系の美人を想像していたのに、その文面から清楚感はまったく感じなかった。むしろちょっとヤンキー寄りな気が……。

いったいどんな人なんだろう。謎すぎる。

「いいじゃん。バレちゃったもんはしょうがないもん。番号と名前、教えていいよ」

彼女にバレたと思った瞬間、また会えなくなるかもしれないと焦った。でも今、もうひとつの選択肢が浮かんでいた。

これを機に喧嘩になって、別れるかもしれない、と。

私は最低だ。こんな状況なのに、このまま別れてくれたらいいのにな、なんて平然と考えている。

別れてくれるのなら、呼び出されて怒られたり殴られたりするくらいささやかな代償だと思った。

「いや、ダメだろ。誘ったのは俺だし、菜摘がなんか言われんのはダメ。でもとりあえず今日は帰ろ？　ごめんね」

そう言ってくれるのは嬉しい。でも。

「大丈夫だよ。浮気になるとか偉そうに言っちゃったけど……彼女いること知ってて遊んだ私も悪いよ」

彼女と別れていないことに気づきながらも誘いを断らなかったんだから、大ちゃんだけ怒られるなんて、そんなの間違ってる。それに、こんな状況になっても、まだ一緒にいたかった。

だって、次はいつ会えるの？

　彼女と別れるかもしれない。でも、別れないかもしれない。もし後者になったら、また会えない日々が続くかもしれない。

　もう少し。お願いだから、もう少しだけ。

　大ちゃんは困ったように私の手を取り、向かい合う体勢になった。

「菜摘はいいから。お前のことは絶対に言わない。俺は大丈夫だよ。ね？」

　優しく微笑むから、優しく髪に触れるから、なにも言えなくなる。

「……うん。わかった」

　うつむくと、大ちゃんは私の頭にポンと手を乗せた。

　いつも安心させられるはずの大きな手は、私を不安にさせた。

「いい子じゃん。心配しないでね」

　行かないで。お願いだから、離れないで。

　今泣いたら、行かないでくれる？　頭をなでてくれる？　抱きしめてくれる？　私を見てくれる？

　そう思わずにはいられない。

　まだだ。嫌な予感がする。

「送ってやれないけど、気をつけて帰んなね。またね」

　もう会えなくなる気がする。そんなの嫌だ。絶対に嫌。

　行かないで。行かないで。

「……うん。またね」

　〝またね〟

それだけが救いだった。そのひと言にすがりつくしかなかった。また会えると信じるしかなかった。

***

数日が過ぎても、大ちゃんから連絡はこなかった。それだけで私の願った通りにはならなかったのだとわかった。

連絡をしてみようか。でも彼女といたらどうしようと考えていると、タイミングがつかめなかった。

結局、連絡できたのは何日もたってからだった。

《彼女とどうなった？》

たったこれだけを送るのに、ここまで緊張したのは久しぶりだ。どうなったかなんて想像はついているはずなのに、まだ『別れた』と返ってくることを願っている自分がいた。

でも何日たっても、いくら待っても待っても、連絡が返ってくることはなかった。

嫌な予感が的中してしまった。

罰が当たったんだと思った。

初めて手を繋いだあの日、『嫌いにならないで』と抱き締められたあの日、彼女に対しての罪悪感なんてこれっぽっちもなかったんだから。『信じられるのは菜摘だけ』って言ってくれたことが嬉しかったんだから。

誘われたからって会っちゃいけないことなんてわかっていた。断らなきゃいけないことなんてわかっていた。あきらめなきゃいけないことなんて、とっくにわかっていた。

　罪悪感を抱くどころか、彼女と別れてくれることばかり願っていた。奪えるものなら奪ってやりたい。そんなことばかり考えていた。

　だから、これはきっと罰なんだ。

　もう会えないのかな。〝またね〟って言ってくれたのに。

　どうしていつも、嫌な予感ばかりあたっちゃうんだろう。

　もしも、彼女ができる前に——あの日、初めて大ちゃんの弱さを知った時。『大好きだよ』ってちゃんと言えていたら、なにか変わったのかな。

　私の片想いは、音信不通という最悪な形で終わりを告げてしまった。

第3章
新たな道

自分に言い訳ばかりして
目の前の現実から逃げようと必死だった
上手に嘘をつけるほど　器用じゃなくて
自分に嘘をついて平気なほど　大人でもなくて

前に進みたかった　逃げたかった
どんどん自分を苦しめていることに
私はまだ気づけなかった

私はまだまだ子供で
自分を守ることに精いっぱいだった
人を傷つけて　自分も傷つけて
それでも　必死に頑張ってた
そう　頑張ってたんだ

未知の世界

　大ちゃんと音信不通になってすぐに合格発表があり、私と伊織、そして隆志も見事、第一志望に合格した。猛勉強した甲斐<ruby>甲斐<rt>かい</rt></ruby>があったと素直に嬉しかったし、やっと受験勉強から解放されることに心の底からホッとした。

　入学式の朝、念入りに化粧をして、最後にアイロンでしっかり髪をストレートにした。大ちゃんのひと言で伸ばしはじめた髪は、もう鎖骨<ruby>鎖骨<rt>さこつ</rt></ruby>が隠れるくらいになっていた。

　先週届いたばかりの制服に袖を通す。中学はセーラー服だったから、ブレザーはすごく新鮮<ruby>新鮮<rt>しんせん</rt></ruby>。

　可愛いと人気の、チェックのプリーツスカートを2回折る。スカートと同じ柄のネクタイをゆるく結んだところで、隆志から連絡がきた。

《ちゃんと起きた？　入学式サボんなよ》

《当たり前じゃん。今から行くし》

　隆志と一緒なのが嬉しい。隆志は普通科、私は専門科だからクラスは間違いなく離れるけど、それでも同じ学校にいるというだけで安心する。

「今日から高校生か」

　本当に受かったんだ。大ちゃんと同じ高校に。

　大ちゃんと同じ高校に通いたい一心で頑張ってきたのに、今はもう手放しでは喜べない状況になってしまっていることは、少し……かなり複雑だけど。

　南高を受験すると決めた時、合格する頃には関係性が変わっていたら、なんて淡い期待を抱いていたのに、そんな期待とは正反対の結果になってしまっているんだから。

　大ちゃんと最後に会ってから、もう３ヶ月が過ぎていた。大人にしてみればたったの３ヶ月でも、子供にとっての３ヶ月はとても長い。

　長い長い３ヶ月の間、たくさんたくさん考えた。大ちゃんはもう、私に会いたくないかもしれない。私が不合格になっていることを願っているかもしれない。

　かもしれない、もなにも、連絡が取れなくなったんだからそう考えるのが当たり前だ。

　すべり止めに受けていた私立も合格したから、私立に入学する選択肢もあった。そうしたらもう二度と会わないかもしれないし、あきらめられるかもしれない。忘れられるかもしれない。こんな苦しい気持ちから解放されるかもしれない。

　そんな期待もあったけれど、それよりもずっと、大ちゃんに会いたい気持ちの方がはるかに大きかった。離れれば離れるほど、大ちゃんのことが大好きで仕方ないのだと痛感してしまうのはどうしてだろう。

　だから私は、やっと手にする〝同じ高校〟という唯一の繋がりに賭けるしかなかった。

　昇降口に貼り出されているクラス分けを確認すると、無事に合格していた由貴も専門科を志望していたから同じク

ラスになれた。

　ちなみに私たちが専門科を志望したのは、普通科よりも偏差値が低いからという理由もある。

　教室で担任の挨拶と説明を受けてから体育館へと移動した。席は自由らしく、空いている席に腰かけた。

　ようやく入学式が始まる。

　軽く挨拶を、なんて言ったくせに延々と続く校長先生の話。ぼうっとしながら、うとうとしはじめた時。

「校長の話長くない？　暇だよね？」

　右隣に座っていた女の子に話しかけられて、初めて彼女に目を向けた。

　ブラウンの長い髪。くっきりアイラインの大きな目を細め、細長い足をクロスさせている女の子。めちゃくちゃ可愛い、というのが第一印象だった。

「あ、うん。めっちゃ暇だよね」

　名前は理緒。たぶん私よりも背が高い。160センチくらいかな。

　明るく社交的な理緒とはすぐに意気投合して、先生にバレないように　ずっとふたりで話していた。

　長い長い入学式がようやく終わり、教室で担任の話を聞いて解散になった。

　由貴と理緒は同じ中学校出身で友達だったらしく、そのまた友達の同じクラスになった麻衣子を紹介された。

　麻衣子も私より背が高くて細くて、金髪に巻き髪のかな

り派手な女の子。３人とも、ついこないだまで中学生だっ
たとは思えないほど大人っぽくて、なにより可愛い。

　次の日からはその４人で行動をともにするようになっ
た。

「菜摘、山岸くんに会った？」

　入学して１週間ほどたった日の放課後、帰る準備をして
いると由貴が言った。

　名前を聞いただけでドキッとする。由貴、私が大ちゃん
のこと好きだって覚えてたんだ。

　念願の同じ高校にいるというのに、私はまだ大ちゃんに
会えていなかった。捜してすらいなかった。会いたい気持
ちと拒絶されたらどうしようという気持ちが交差して、会
いに行く勇気がなかったのだ。

「山岸くんって？」

「菜摘の──あ」

　途中で止めた由貴。好きな人、って言いかけたな。

「え？　菜摘のなに？　彼氏とか？」

　理緒と麻衣子が、私と由貴を交互に見て「え？　なに？」
と繰り返す。「ごめん」と目で訴えてくる由貴が可哀想に
なって、私は自ら白状することにした。

　今さら「友達だよ」なんて嘘が通用するとは思えないし、
好きな人がいるって別に隠すことじゃないし。

「好きな人だよ」

「えー！　好きな人いるんだ！　タメ？」

「ううん、3年だよ」

「そっかあ。うまくいくといいね！」

　お決まりの会話に、苦笑いを浮かべる。

「んー……でもその人、彼女いるから。ただの片想いだよ」

　自分で言ったくせに、胸がチクリと痛んだ。

　そして大ちゃんのことを思い出す度に、まだ好きなんだと自覚する。

「そっか……。でも理緒、見てみたい！　今から捜してみようよ！　何部？」

　今からって。急すぎて緊張する。

　でも、どっちにしろひとりで会いに行く勇気なんてない。もし冷たい態度を取られたとしても、みんなと一緒なら多少は傷が浅く済むかもしれない。無理にでも笑っていられるかもしれない。

　そしてなにより、会いたい気持ちのほうが断然強かった。

「バスケ部だよ」

「バスケ部って部室近かったよね？　行こう！」

　理緒たちに強引に連れられて校内を探索する。部室は本当に近かったからすぐに見つかった。中をのぞくと、部員らしき人が何人かいるものの、大ちゃんは見あたらない。

「菜摘、どう？　いる？」

「ううん、いない……」

　少し落ち込みながら踵を返そうとした時、

「菜摘？」

　後ろから名前を呼ぶ声がした。

　声の主はすぐにわかった。この声、忘れるわけがない。

　忘れた日なんてなかった。

　騒ぎはじめた心臓のあたりに手を添えて、ゆっくりと振り返る。

「……大ちゃん」

　——会いたかった。

　会うのも、声を聞くのも３ヶ月ぶり。それなのに、とても懐かしく思うのは、この３ヶ月間が本当に苦しかったから。

「久しぶりじゃん！　お前ちゃっかり受かったんだ」

　まるで何事もなかったかのように、大ちゃんは嬉しそうに笑った。最後に会った時より少し短くなっている髪。そして、やっぱり変わらない、可愛い笑顔。

　３ヶ月の隙間（すきま）も感じさせないくらい、大ちゃんは普通だった。冷たくされたらどうしようという私の心配をよそに、大ちゃんの態度はまったく変わっていなかった。

「うん……久しぶり。なんとか受かったよ」

「そっかあ。おめでと！」

　ぐしゃぐしゃと頭をなでられる。久しぶりの感覚（かんかく）が嬉しくて、拒絶されなかったことに安心して、泣きそうになった。

「そういや俺さ、前のスマホ壊れたから変えたんだよ。データ消えたし番号も変わっちゃってさ。また交換しよ」

　スマホを向けられて、私もあわててポケットからスマホを出して、連絡先を交換した。

「俺これから部活だし、夜にでも連絡ちょうだい」

　連絡していいの？　彼女とはどうなったの？

　スマホが壊れたということは、連絡が返ってこなかったのはそのせいなんだろうか。

　あの時、彼女にバレたことは関係ないのかな。たまたまタイミングが重なっただけなのかな。そんな、自分にとって都合のいいようにばかり解釈してしまう。

　でも違ったらどうしよう。どうして返してくれなかったのか、本当のことを聞くのは少し怖い。

「またね」

　なにも聞けないまま、部室に入っていく大ちゃんの背中を見送った。

　いつ送っていいか迷ったけれど、無難に夜9時くらいに送ることにした。

《菜摘だよ。今日びっくりした》

　すぐに返ってきた返事。画面に〝大ちゃん〟と表示されただけなのに、泣きたくなるほど安心した。

　これからは、またいつでも連絡を取れるんだ。

《おせーよ！　俺もびっくりした。前みたいによろしくね》

　遅いなんて文句言うなら、自分から連絡してくれたらいいのに。……もしかして、待っててくれたのかな。

　前みたいに——か。

　大ちゃんはずるい。

　どうしてこんなことを平気で送ってこられるんだろう。

私、連絡したのに。返ってこなくて本当にショックだった
のに。目の前が真っ暗になったのに。

　最後に会った日のことなんて、大ちゃんは気にしていな
いんだろうか。もしかしたら覚えてすらいないのかもしれ
ない。

　私がこの３ヶ月間どんな気持ちで過ごしていたか、どん
な気持ちでこの高校に入学したか、わかる？

《うん。よろしくね、先輩》

　でも、なにも聞かないほうがいい。大ちゃんはきっとは
ぐらかす。出会ってからの半年間で、大ちゃんがそういう
人だということはわかっていた。

《うん。またね》

　もちろん気にはなるけれど、嫌われていないなら、前み
たいに戻れるなら、今はそれでいい。

　せっかくこうしてまた会えたのに、会えたら聞きたいこ
とがたくさんあったのに、深く追及する勇気なんて私には
なかった。

新たな出会い

　それから大ちゃんとは、毎日のように会った。放課後に
なると理緒たち3人に連れられて、大ちゃんの部活姿を見
に行く。

　バスケ部には校内一のイケメンと言われている先輩がい
て、理緒はその人がお目当てらしい。私の恋を応援するた
めというのはもはや建前で、単なる口実に使われているよ
うな気もする。

　「部活をのぞきに行くなんてストーカーみたいで嫌だ」
と言ったら、その先輩を筆頭にイケメン揃いで有名らしい
バスケ部を見に行くのは私たちだけではないから大丈夫だ
と言われた。

　確かに体育館には女の子が大勢いて、キャーキャーと黄
色い声援が飛び交っていた。

　私たちは声援を送ることもそれぞれのお目当ての人に話
しかけることもなく、ただ体育館の端っこに4人並んで見
ているだけ。会いに来ている、というより、見に来ている、
と言ったほうが正しい。

　それでも大ちゃんは、私を見かける度に必ず話しかけて
くれた。練習の休憩だったり空き時間になると私に手招き
をして、体育館と本校舎を繋ぐ渡り廊下に出て並んで話す。
「お前どんだけ暇だよ」

　笑いながら首にかけているタオルで汗を拭いて、スポー

ツ飲料をごくごくと喉に流した。こめかみから滴る汗にさんさんと輝く太陽が反射して、さわやかさを引き立てている。CMみたい。

「まあ、暇だね。否定はしない」

汗の匂いよりも甘い香りが私の鼻腔をくすぐる。香水なのか柔軟剤なのか、いまだになんの香りなのかは聞いていないけれど、私はこの香りが好きだった。

「誰かに会いにでも来てんの？」

そんなの、大ちゃんに決まってるじゃん。

そう言えたらどんなにいいだろうと思うのに、また失うことが怖くて言えない。

ハッキリと聞いたわけではないものの、彼女とはまだ続いているようだった。

でも今は、ただ見ているだけでいい。大ちゃんといつでも会える、見られる距離にいられるんだから。1ヶ月前までのことを考えたら、今はそれだけでじゅうぶん幸せ。

「別に。由貴たちが……」

「ユキって？」

当然知っているはずの名前を出したのに、大ちゃんは「誰それ」とでも言うように小首をかしげた。

「え、由貴だよ。さっきも私と一緒にいた子。ていうか、遊んだことあるじゃん」

身振り手振りを使って由貴の特徴をいくつか出していくと、「ああ」と表情を変えずに短く言った。

「そういえば、見たことあるなーと思ってた。ユキって名

前だっけ」

　見たことあるって、そりゃそうだ。2回も一緒に遊んだんだから。

　1回目はカラオケであまり話さなかったしすぐに解散したし覚えてないのも無理はないけど、植木くんの家で遊んだ時は何時間も一緒にいて、普通に話していたはず。

「え、覚えてないの？　嘘でしょ？」

「だから、見たことあるって」

　そういうことじゃなくて。

　ちょっとビックリしてしまう。大人数で遊んだなら覚えていなくても無理はない。でも1回目は4人、2回目は5人だった。決してその場にいた人を覚えきれない状況じゃないと思う。

　私だって人の顔と名前を覚えるのは得意じゃないけど、一度遊んだり話したりした人のことくらいは覚えてる。

　呆気にとられていると、後輩らしき男の子が大ちゃんを呼びに来た。休憩はもう終わりらしい。この信じられない現象をなんとか解析したいところなのに。

　……でも、そういえば。

　どうして私のことはすぐに覚えてくれたんだろう。

「さっき呼びに来た奴かっこよくない？」

　先に立ち上がった大ちゃんが、体育館に戻っていく後輩の後ろ姿を指さして言った。

「え？　ああ、うん、そう？」

　我ながらこの上なく空返事だった。数分前の衝撃と小さ

な疑問が頭を占拠していて、彼の顔なんか見ていなかった
のだ。

　それに、大ちゃんのことを好きになってから他の人に興
味を持ったことがない。

「だろ？　惚れちゃった？」

「は？」

「ほんとはあいつのこと見に来てるとか？」

　ニヤニヤしながら言う大ちゃんにちょっとイライラす
る。

　なんなんだろうこの人。なんで急にそんなこと言い出す
んだろう。意味がわからない。本気でこんなこと言ってる
のかな。

「惚れないから。バーカ！」

　こんなことでムキになって、バカなのは間違いなく私だ。

　でも悔しい。こんなことを言ってくるってことは、私に
興味がない証拠だと思う。それがどうしようもなく悔しい。

　また会えるようになっただけで幸せだって思っていたは
ずなのに。私はどこまでもあきらめが悪くて欲張りだ。

「あ―……ごめん、怒った？」

　惚れたって言ったら、どんな顔をする？　喜ぶ？　それ
とも、少しでも、寂しがってくれる？

　まだ大ちゃんが好きだよって言ったら、なんて言う？

「……帰るね」

　ダメだ。もううまく笑えない。うつむいたままその場を
あとにした。

　せっかくまた会えたのに、普通に話せるようになったのに、結局こうなってしまう。

　私はずっと、ずっと大ちゃんだけが好きなのに。そんなの私の勝手な想いで、大ちゃんは悪くない。わかっているのに、モヤモヤと渦巻く感情を抑えられなかった。

　勝手にイライラして八つ当たりするくらいなら、まだ好きだって言えばいい。でも……せっかくまた笑い合えたのに、それが壊れてしまうかもしれない。

　今度こそ、本当に大ちゃんを失ってしまうかもしれない。そんなの絶対に嫌。怖い。

　次の日から、私はあまり大ちゃんのところへ行かなくなった。理緒たちが行くと言っても、なにかしら理由をつけて逃げていた。

　ほんの少しの時間でも必ず会いに行っていたのに、大ちゃんを避けるなんて自分でも驚いた。高校まで追いかけてきたくせに。

　だって、どんな顔して会えばいいのかわからない。うまく話せる自信がない。うまく笑える自信がない。

　大ちゃんがなにを考えているのか、私にはわからない。聞く勇気だってない。どうしたらいいか、もうわからない。

　私のことをすぐに覚えてくれたのは、もしかしたら──なんて、そんなのは愚考でしかなかったのだから。

＊＊＊

　大ちゃんを避けたまま連休に入り、すぐにまた学校が始まる。

　昼休みに4人で学食へ向かった。学食はいつも人で溢れ返っていて、食堂も長蛇の列。なんとか席を確保して食べ終えた私たちは、すぐに立ち上がって教室へ戻ろうと出入口に向かって足を動かしていく。

　人がごった返しているというのに、その人影を見た瞬間、まるでレーダーでもついているみたいに全身が反応した。

　大好きな、でも今は一番会いたくない人。

「……大ちゃん」

　避けているはずなのに、いつの間にか大ちゃんを捜すのが癖になってしまっていた。大ちゃん捜しはもはや私の特技になってしまったのだ。

　そして見かける度に安心してしまう。そんな矛盾だらけの自分が嫌だった。

　植木くんと駿くんに挟まれて笑っている大ちゃんの姿から目を離せない。学食で会ったことはないから、まさかいるとは思わなかった。

　見つからないうちに逃げなきゃ。会いたいけど会いたくない。今は会えない。

　混乱しているうちに、私に気づいたらしい駿くんが、大ちゃんに耳打ちをしてこっちを指さした。そのまま駿くんと植木くんに手を振って、ひとりで私のところまで歩いてくる。

「久しぶり」

　見つかっちゃった、と思った。でも、大ちゃんがわざわ
ざ私のところまで来てくれた、とも思った。

　いったいどっちなんだろう。

「……大ちゃん」

　観念して、下手くそに微笑んだ。泣きそうになるのを必
死にこらえた。

「お前、学食なんて来るんだ」

「……あ、うん。たまにね。大ちゃんは？」

「俺もたまに。偶然だね」

　普通に話せてるかな。避けていたのに、まさか大ちゃん
から話しかけてくれるとは思わなかった。

　理緒たちが「先に戻ってるね」と気を利かせていなくなっ
てしまったから、急にふたりきりになってしまった。気ま
ずいのに、嬉しい。また矛盾だらけだ。

「……あのさ」

　片手をポケットに入れて、もう片方の手でこめかみをか
いている。

　気まずそうに目を泳がせながら、口を開いた。

「……こないださ、ごめんね」

　〝こないだ〟で思いあたるのはひとつだけ。私が大ちゃ
んを避けはじめた理由。

「……そんなこと気にしてたの？」

　私にとってはまったくもって〝そんなこと〟じゃなかっ
た。でもそう言ったのは、嬉しいから。

　だってそれは、少しでも私のことを気にかけてくれて

たってことだと思うから。

「謝るタイミング見つかんなくてさ。俺バカみたいにしつこかったよね。ごめんね」

「忙しかっただけだよ。謝らなくていいよ」

　嬉しい。すごく嬉しい。でも。

　音信不通になった日から、ずっと考えていたことがある。

　もし次に会った時、大ちゃんが連絡を返してくれなかったことを気にしてくれていたら、まだ可能性はあるかもしれないと思っていた。でもそうじゃなかった。

　再会してからあの日のことは一切触れてこない。私のことなんて気にしていなかったんだと思い知らされてしまった。

　だから、今回もまた何事もなかったみたいに接してくれたら、無神経だなってほんの少しは幻滅して、いい加減あきらめられるかもしれないのに。

　どうして謝ったりするんだろう。どうして大ちゃんは、私があきらめようとする度にこうしてまた引き寄せてくるんだろう。

「よかった。ありがと」

　本鈴が鳴る。頭に乗った大ちゃんの手に、全身が反応する。チャイムの音にも負けないくらい、心臓が大きく鳴る。

「じゃあ、またね」

　ねぇ、大ちゃんは——〝またね〟って、どんな気持ちで言ってるの？

「遅かったね」

　教室に戻っても、まだ先生は来ていなかった。間に合ってよかったとホッとした。

「うん、大ちゃんと話してた」

「本当!?　よかったあ」

　私の手を取って理緒が満面の笑みを見せた。

　私の恋を誰よりも応援してくれているのも、私が大ちゃんを避けていることに気づいて一番心配してくれていたのは理緒だった。

　喜んでくれるのは嬉しい。でも私はきっと、その笑顔を崩してしまう。

「……でね、久しぶりに話してみて、なんかわかったんだけど。私たぶん、もうそんなに大ちゃんのこと好きじゃないっぽい」

　こんなの嘘。人生最大の嘘といってもいいほどだ。

　大好きに決まってる。触れられただけで泣きたくなるくらい、大好きでたまらない。

　でも決めた。決意するしかなかった。無理にでも自分に言い聞かせるしかなかった。

「……菜摘、本気で言ってる?」

「うん」

「中学の時から、ずっと好きだったんでしょ?」

「……うん」

「さっきも……山岸さんに会った時、菜摘、嬉しそうだったよ?　そんな簡単に……好きじゃなくなるもんなのか

な」

　でも、大ちゃんは振り向いてくれないから。どんなに近づいても、私を好きにはなってくれないから。この恋はきっと叶わないから。それなら、自分に嘘をついてでも、気持ちを押し殺してでもあきらめるしかないじゃない。

　期待して落ちて、また期待してどん底に落ちて、大ちゃんと出会ってからずっとその繰り返し。もう疲れてしまった。

　こんな苦しい恋はもう嫌だ。新しい恋をしたい。好きな人に好きになってもらえる、そんな幸せな恋がしたい。

　大ちゃんといるのは楽しいから、友達になれるならなりたい。なにも考えずにただ笑い合える関係になれたならどんなにいいだろう。

　私が気持ちを押し殺しさえすれば、他に好きな人ができさえすれば、このまま友達に戻れるかもしれない。

　今ならまだきっと間に合う。そう思いたい。

「じゃあ菜摘、そろそろ彼氏ほしくない？」

「え？」

　由貴の意味深な笑みと、意味不明な提案に驚く。

　先生が来ても4人の話は止まらない。

「……彼氏」

「そう、彼氏」

　そういえば、大ちゃんのことを好きになってから、彼氏とかってあまり頭になかった気がする。

　でも、そうか。新しい恋をして両想いになれば付き合う

わけで、つまりそれは彼氏ができるってことになるわけで。

　大ちゃんに私のことを好きになってほしくて、ただただ必死で、そんな当たり前のことを忘れていた。

「うーん……言われてみれば、そりゃほしいけど、できないし。それに、彼氏ってのにあんまりいい思い出ないんだよね」

　元彼、という単語で思い出すのは、唯一大好きだったひとりだけ。最初はうまくいっていて本当に幸せだったのに、ある日突然そっけなくなって、理由もわからないまま振られたっけ。初めての失恋だった。

　それ以外は……正直、もう思い出したくもない。

「……やっぱりいらないや」

「え？　なんで？」

「よくわかんないから」

「……なにそれ？」

　新しい恋がしたい、してみせると意気込んだはずなのに、さっそく怖気づいてしまう。もしかしたらまた苦しい恋になるかもしれない。その可能性はゼロじゃない。

　失うくらいなら、初めから求めないほうがいい。苦しい思いをするのはもう嫌だ。

「いいじゃん。菜摘のこと紹介してほしいって人いるんだけど、どう？」

　紹介とかってあまり好きじゃない。そういうのって軽い人ばっかりなイメージだし、これもいい思い出がないから。それに私は人見知りだし。

　大ちゃんのことを忘れたい。そのためには別の恋をするのが一番いいと思った。でも無理に出会いを求めたり彼氏を作ったりしたいわけじゃなく、また自然と好きになれる人と出会うのが理想なわけで。

「軽い人ならお断りです」

「軽くないよー！」

「シカトしまくっていいなら」

　紹介の意味ないじゃん、と麻衣子が笑う。まあ、確かに。

「イケメンだし、いい人だよ？　ね、いいじゃーん」

　由貴が甘えた声で言うから、ちょっと断りにくくなる。

「……まあ、いっか」

「本当!?　じゃあ菜摘の連絡先教えとくね！」

　渋々了承すると、由貴はにっこり笑った。可愛いなこいつ。

　由貴が紹介したい人というのは、連休中に遊んで仲良くなった人らしい。詳しくは聞かなかったけれど、由貴は「いい人だから」とだけ言っていた。紹介する時って大抵そう言うと思うんだけど。

　夜布団に入ると、ちょうどスマホが鳴った。

　画面に表示された名前には見覚えがない。

《由貴に教えてもらったよ！　隣のクラスの亮介です！》

　ああ、すっかり忘れてた。そういえばそんなこと言ってたっけ。

　目を擦りながら返信する。

《菜摘です。隣のクラスなんだ。よろしくね》

　由貴の知り合いはなぜか先輩ばかりだから、今回もそうだと思っていた。なんで私？と疑問だったけれど、隣のクラスなら私のことを知っていてもおかしくない。

《俺ら入学式ん時に隣だったんだけど、覚えてない？　ちっちゃくて可愛いなって思ってたんだよね！》

　入学式？　ずっと理緒と話していたからまったく覚えてない。

　たとえお世辞でも「可愛い」なんて言われたら嬉しい。まあ「ちっちゃい」は余計だけど、と心の中でツッコミを入れる。

《ごめん、覚えてないや。でもありがとう》

　電話帳にひとり増えた。久しぶりの出会いなのに、新しい恋がしたいはずなのに、私はその程度にしか思わなかった。

　昨日紹介された男の子に話しかけられたのは、翌日の昼休みに教室で理緒と話している時だった。

「菜摘？」

　騒がしい教室で、聞き慣れない声が聞こえた。見たことのない人。

「え……ごめん、誰？」

「亮介だよ」

　亮介って……昨日の？

「ああ、亮介か！　初めまして」

　色白の大ちゃんとは違い少し日に焼けた健康的な肌色で、茶色く染まった髪を綺麗にセットした、背が高い男の子。制服を着崩してはいるもののだらしなくはなくて、オシャレさんって感じ。

　由貴の言う通り、確かにイケメンだ。モテそうだなと思った。

「菜摘、飯食った？　ちょっと話さない？」

「行っていいよ！　理緒、麻衣子と話してるから！」

　なぜか理緒が答えて、麻衣子を連れて教室から出ていった。教室から出ていく必要はまったくないと思うんだけど。

「いいよ。話そ」

　由貴に亮介のことを聞きたかったけれど、今日は学校をサボっている。それに直接話したほうが早い。

　亮介のあとをついていくと、屋上へ繋がる階段に着いた。屋上は立入禁止だからあまり人が通らない、穴場スポットなのだ。

「菜摘って彼氏いんの？」

　並んで座るとすぐに亮介が切り出した。やっぱりこの話は定番だよね。

「いないよ。好きな人はいたけど」

　別に言う必要はないだろうけど、紹介を頼んだってことは私にほんの少しでも好意を持ってくれてるってことだと思うから、正直に言った。

「マジかあ。菜摘可愛いのに」

　また可愛いって。嬉しいけど、やっぱり軽いのかな。
「ていうか、彼氏いたら紹介なんか断ってるよ」
「そりゃラッキーだ。一途(いちず)なんだね」
　なんか、すごいストレートな人だな。
「えと……亮介は彼女いないの？」
「彼女いたら、他の女に連絡先聞いたりしないもん」
　亮介が私の口調を真似て言う。
「一途なんだね」
　私も真似して、ふたりで笑った。
　他愛のないおしゃべり予鈴が鳴るまで続いた。
　面白いし優しいし、由貴の言う通り、けっこういい人か
もしれない。初対面の男の子と突然ふたりきりになったと
いうのに、そんなに緊張もしなかったし。
　人懐っこくて話題が豊富(ほうふ)だから、自然と打ち解けること
ができた。よく笑うから、気づいたら私も笑っていた。ひ
と言で言えば癒やし系。
　こういう人、嫌いじゃないな、と思った。

ご褒美

「じゃあ、菜摘で決まりね！」

「ちょっと理緒、やだ！　絶対やだっ！」

「もう決まっちゃったもん。しょうがないよ」

　入学してから初めてのイベント、体育祭。

　体育祭のトリを飾るのは、定番のクラス対抗400メートルリレー。その400メートルリレーで、私は見事アンカーに大抜擢されてしまった。

「絶対無理！　そんなに速くないし！」

　中学時代はバスケ部に所属していたし、毎日鍛えたり走り込んだりしていたおかげで足は速いほうだと思うけど、アンカーを務めるほど速くはない。

「もう書いちゃったし、菜摘しかないもん」

　理緒の手には『400メートルリレー選手』と大きく書かれたプリント。

　アンカーの欄には、女の子らしく可愛い文字で『高山菜摘』と書いてある。名前の隣には、ご丁寧に似顔絵まで。

「ほんとに嫌！　サボるよ！」

「もうしょうがないじゃん、他にいないんだから！　菜摘、頑張ってね！」

　大きすぎるプレッシャーは、由貴のたったひと言で片づけられた。名前を書いた紙も無理やり提出されてしまい、もう素直にうなずくしかなかった。

　他のクラスのリレー選手は、たぶん部活に入っている子ばかりだと思う。それに比べてうちのクラスの女子は体育会系の部に入っている子がいないから、運動部に所属していたことがあるという理由だけで（引退して1年近くたっているのに）、帰宅部の私が選ばれてしまったのだ。
「麻衣子、代わってよ」
「やだよ。あたしだってトップバッターだし」
　運動神経がいい麻衣子も無理やり押しつけられた身だから、ちょっとイライラ気味らしい。理緒と由貴は……うん。誰もが認める運動音痴だから、さすがに無理。
　うなだれるように麻衣子の肩に頭を乗せて、ふたり同時に深い深いため息をついた。

「お前なに騒いでたの？」
　休み時間。憂鬱になっている私には、ちょっと眩しすぎる笑顔。
　金曜日の3時間目は、大ちゃんが選択授業で、私の向かいの教室に来る日なのだ。
「リレーのアンカーになっちゃってさ……」
「マジ？　すごいじゃん」
　人の気も知らないで、と、出かけた台詞を飲みこんだ。
　きっとわかっているからこそ、大ちゃんは頭をなでてくれた。
「俺も出るよ。アンカーで」
「えっ？　ほんと？」

「植木と駿も出るし」

　植木くんと駿くんはなんとなくわかるけど、大ちゃんは
かなり意外。

　部活を見に行っていたから運動神経がいいことは知って
いる。でも人一倍めんどうくさがりで目立ちたがらない大
ちゃんが、リレーのアンカーを引き受けるなんて。

　そんなに速いのかな。ちょっと、いや、めちゃくちゃ見
てみたい。かっこいいだろうな……。

「だから頑張ろうね。1位になったらご褒美あげる」

　そんなこと言われたら、頑張らないわけにはいかない
じゃない。

「約束ね」

　小指を差し出されると、つい小指を絡めてしまう。

「……うん。頑張るね」

　大ちゃんはすごい。一瞬で私を元気にさせる。

「あれって、前に菜摘が言ってた〝好きな人〟？」

　教室に戻ろうとした私を引き止めたのは亮介だった。急
に腕をつかまれて、少し驚いた。

　ううん、違う。〝好きな人〟って言葉に反応してるんだ。

「……なんで？」

「なんとなく。顔が明るかった気がして。見たことなかっ
たけどかっこいいね、あの人」

　ちょっと……なんか嫌。こういうの。

「好き〝だった〟人だよ。今は友達」

　嘘つき。大ちゃんといる時、ドキドキしてるくせに。会えたら嬉しいくせに。

　もう好きじゃない宣言をして、あきらめる決心をしてから約1ヶ月。私の目標はいまだ達成されていなかった。

「マジ？」

「本当だってば」

「よかった」

　嘘をついたのは、亮介の気持ちに気づいているから。

　初めて話したあの日から、亮介は頻繁に連絡をくれたし、一日に一度は私の教室まで会いに来てくれている。

　大ちゃんのことがまだ好きなくせに、つかず離れずの曖昧な態度を取っていて。そんなずるい私を知ってほしくなかった。

　体育祭当日の朝、教室で配られたプログラムを見てうんざりした。

　うちの高校って本当に意地が悪い。普通リレーっていったら、1年の女子から始まって、3年の男子で終わるものだと思う。

　それなのに、3年の男子から始まって1年の女子で終わりなんて、意地悪もいいとこだ。

　イベントが大好きなうちの高校は、朝から大盛り上がりだった。

　女子は、体育祭だというのになぜか浴衣を着ている人、ハロウィンかと突っ込みたくなるようなコスプレをしてい

る人がたくさんいる。男子も負けずとコスプレをしている
人もいれば、上半身裸（はだか）でうろついている人もいる。

とにかく、なにがなんでも今日という日を青春の1ペー
ジに強烈に刻んでやろうという意気込みはものすごく伝わ
る光景だった。

もはやきちんとクラスTシャツや指定のジャージを着て
いる人を探すほうが困難なくらいだ。かくいう私も着ぐる
みを着てやる気満々なのだけど。

理緒たちはコテやヘアアクセサリーで、髪も派手にセッ
トしていた。私も髪をくるくるに巻いてポニーテールにし
て、ラメ入りのヘアスプレーをかけられて、真っ赤な大き
なリボンもつけてもらった。

変身を終えて開会式が行われるグラウンドに向かう。楽
しくなりそうなのはたしかだけど、リレーのことを考える
とやっぱり憂鬱だった。

グラウンドやら体育館やらあちこち応援に駆けずり回
り、大忙しな1日。休む暇なんてなかった。

成績は……まずまずなんてもんじゃない。もう全種目ボ
ロ負けで、優勝の「ゆ」の字も見えない。それもそのはず。
運動部がひとりもいないなんて、うちのクラスくらいなの
だ。

そして、いよいよ迎えた400メートルリレー。これは唯
一の全校合同種目だから、全校生徒がグラウンドに集まる。

手のひらに「人」を3回書いて飲む、なんて言うけれど、

飲んだら吐きそうなくらい緊張していた。

　３年生の男子はすでにスタートラインに並んでいて、トップバッターの植木くんを見つけると同時にピストルの音がグラウンドに響き渡った。

　理緒は見事にゲットした校内一のイケメンのところに行っちゃったから、由貴たちと３人でそれを眺める。

「植木くん、超速いじゃん」

　由貴が言うと、麻衣子とふたりでうなずいた。

　ダントツで駿くんにバトンを渡す姿を見て、ついかっこいいと思ってしまった自分を殴りたい。相手はいつの間にか先輩から天敵と化していた植木くんなのに。正気の沙汰とは思えない。

　続く駿くんももちろん速いけれど、私の目はすでに大ちゃんを捜しはじめていた。

　今日は雲ひとつない快晴（かいせい）で、まだ６月上旬なのに夏日らしくすごく暑い。選手たちはみんなＴシャツを肩までまくって、ジャージだって膝までまくっている。

　それなのに、大ちゃんはひとりだけ長袖の上下のジャージ姿で、友達と話しながら相変わらずニコニコしていた。

　大ちゃんに緊張の色なんてない。いつだって余裕綽々（しゃくしゃく）なんだ。

　大ちゃんにバトンが渡った時、８組中３位。

「頑張って」と心の中で叫ぶ。

　そして、大ちゃんが走り出した時、アンカーを引き受けた理由も、余裕綽々な理由もすぐにわかった。

もう見とれたとしか言いようがない。

本気で走っているかもわからない感じなのに、ふたりも抜かして見事1位。他の人が疲れて座りこむ中、大ちゃんは立ったまま、やっぱりニコニコしている。

……ちょっと、かっこよすぎだよ。

これから走るんだからなるべく平静を保っていたいのに、私の心臓はもう走り終えたのかと錯覚するほど激しく波打っていた。

2年生のリレーが終わり、1年生の男子がスタートすると、私たち1年女子の準備がはじまる。ハチマキとタスキを手渡されて、アンカーのスタート地点で待ち構えていた。

トップバッターの麻衣子からはじまり、私にバトンが回ってきた時、うちのクラスは3位。少し緊張しながらバトンを受け取った。

結果は、ひとりは抜いたものの、もうひとりはどうしても抜かせなくて、結局2位。

めちゃくちゃ悔しかった。みんなの「お疲れ」とか「速かったね」なんて言葉も耳に入らない。そりゃ嬉しいけど、それ以上にとにかく悔しい。納得いかない。

私はジャージに着替えたくらい本気だったのに、その子は重たそうな着ぐるみのままでだ。着ぐるみでそんなに速いなんてずるい。

アンカーが出るはずの表彰式を麻衣子に任せて、教室でひとりでちょっと泣いていたくらい悔しかった。みんな

からの電話も無視して、誰もいない教室の隅っこでひとり、泣いていた。

　スマホの着信も静まった頃、窓からグラウンドをのぞいてみると、閉会式が始まろうとしていた。
　自分から逃げてきたくせに、なんだか取り残された気分になってしまう。教室にひとりって想像していたよりずっと寂しい。
　また半ベソをかきながら、閉会式はサボろうと思った。
　だって、頑張ったのに。大ちゃんが『頑張れよ』って。『俺も頑張るから』って……約束したのに。
　教室の隅っこにひとりで、体育座りなんかしちゃってる自分が、ちょっと惨めに思えた。

「やあーっと見っけた」
　開会式は始まったばかり。今は誰もいないはずの校内。
　それなのにどうしているの。本当にやめてほしい。
「お前さ、なんで電話シカトしてんだよ。何回かけたと思ってんの？」
　顔を上げずにスマホを確認すると、大量の不在着信の中にふたつだけある〝大ちゃん〟の文字。
「……2回」
「そんだけ？　まあいいや」
　たった2回だけど、大ちゃんからの貴重な着信が嬉しい。
　もう誰からの電話もこなくていい。

　ずっと着信履歴の先頭にこの名前が残っていてほしい。

「お前なに泣いてんの？　頑張ったんだから泣かなくていいんだよ」

　隣にぬくもりを感じる。外からは総合順位を発表する声が聞こえてきた。

「泣くなよ。ね？」

　優しい言葉、かけないでよ。余計に涙が止まらなくなる。

「菜摘は頑張ったよ。友達とリレーの練習してんの、俺ちょくちょく見かけたもん」

　私はけっこう負けず嫌いだから、やるからには本気で1位狙ってたんだ。

　大ちゃんはきっと、それもわかってる。

「ちゃんとご褒美あげるよ。閉会式は特別に俺もサボってやるから、存分に泣きなさい」

　抱きついて、胸に顔を埋めて、可愛く泣くことなんてできなかったけれど。

　大ちゃんのちょっと汗くさいジャージを着せられて、でもほのかにいつもの甘い香りもあって。

　それに安心した私は、子供みたいにわんわん泣いた。

　大ちゃんは、手を握って、ずっと隣にいてくれた。

　時折、私の頭をなでながら。

【準優勝、3－F！】

　アナウンスとともに、外からものすごい歓声が聞こえる。

「準優勝だってさ。おめでと」

「優勝じゃねーのかよ。まあいいや」

　本当に、あのリレーで大逆転優勝、なんてなったら、めちゃくちゃかっこよかったのにね。

　そのあとも私のクラスが呼ばれることはなかった。聞くまでもなく、間違いなく最下位だと思う。

　悔しいけれど、もういいんだ。だって大ちゃんは、ちゃんとご褒美をくれたから。

　汚い字で『数学☆山岸大輔』って書いてある、2ページしか使っていないノート。

ふたりの距離

　季節は春から夏へ切り替わろうとしていた。もう長袖では暑いくらいだ。

　けれどまだ春の名残がある風はさわやかで過ごしやすい。それに並行するように、平穏な日々が続いていた。

　もうすぐ私の誕生日がある。ちょうど日曜日だからと亮介が誘ってくれたけれど、誕生日に彼氏でもない人と過ごすのもどうかと思ったから、丁重にお断りした。

　1日中友達と遊んで、明日は学校だから、あまり遅くならないうちに解散する。

　家に着いたのは夜11時過ぎ。お風呂から上がると、スマホにメッセージと着信履歴が1件ずつ表示されていた。

　メッセージは大ちゃんからだった。

《誕生日おめでと》

　わざわざ連絡をくれるなんて思わなかった。覚えていてくれたんだ。

　ヤバイ、嬉しい。

《ありがとう》と返信してから不在着信を見ると、亮介からだった。ベッドに寝転がってかけ直そうとした瞬間、タイミングよく画面に【着信：亮介】と表示された。

「はーい」

『ごめん、寝てた？』

「ううん、さっき帰ってきてお風呂入ってた。どうしたの？」

　電話がくる時はいつも9時くらいだから、こんな時間にくるのは珍しい。それに、亮介は少し緊張しているようだった。

『あの……さ……』

「うん、なに？」

『あの……』

　なかなか切り出さない。どうしたんだろう……と思ったけれど。

　今日は私の誕生日で、こんな時間に電話をくれて、なかなか話を切り出さない。この状況を冷静に考えて、すぐに用件がわかってしまった私は自意識過剰なんだろうか。

『俺と付き合ってほしいんですけど……』

　告白〝されちゃった〟。素直にそう思った。

『俺、入学式ん時に可愛いなって思って。そんで由貴に紹介してもらって仲良くなれて、マジ嬉しいんだよ。菜摘が好きだよ』

　嬉しい。告白されて悪い気はしないし、なにより、亮介と話している時は純粋に楽しいし癒やされる。でも。

「……私ね、亮介のことどう思ってるのか、よくわかんないんだ」

　わかんないだなんて卑怯な言い方。でも、これしか言い訳が思いつかない。

「前に言った……好きだった人のことも、まだ好き……だと思う」

　好き〝だった〟？好きだと〝思う〟？

　どこからそんな嘘が出てくるんだろう。名前を呼ばれたら嬉しいくせに。頭をなでられたら泣きたくなるくせに。ちっともあきらめきれてないくせに。

　でも。

『それでもいいよ』

　ふっと笑って、亮介が続ける。

『わかんないってことは、これから好きになるかもしれないってことじゃん？　それでいいよ。どうしても好きになれなかったら……振ってくれていいから』

　私はいつからこんなに計算高くなったんだろう。亮介がそう言ってくれるのを、心のどこかで望んでいた気がする。

「……うん。わかった。付き合おっか」

　最低だ。純粋ぶって、いい子ぶって。

『……マジで!?　ありがとう!!　菜摘の誕生日に告ろうって、ずっと前から決めてたんだ』

　照れくさそうに言った亮介に少し、胸がチクリと痛んだ。でも〝新しい恋がしたい〟という願いは、きっとこれで叶うはず。

　〝好きな人が私のことを好きになってくれる〟のが一番の理想だったけれど、〝好きだと言ってくれる人を好きになる〟のも、もちろん理想のひとつだ。

「ありがとう、亮介」

　──大ちゃんは振り向いてくれない。

　私たちの距離は、出会った頃からずっと変わらない。こ

れから変わるとも思えない。

　手が届きそうでも、どんなに手を伸ばしても、簡単に離れていってしまう。追いかけても追いかけても、決して振り向いてくれない。

　わかっているのに。

　いくら決意を固めても、いくら自分に言い聞かせても、ちっともあきらめられなくて、ずっとずっと苦しかった。このままだったら、また中途半端なことを繰り返してしまいそうで嫌だった。

　それならひとりの人とちゃんと付き合ったほうがいいって、そんな勝手すぎる事情。相手を傷つけることには変わりないのに。

　でも——でも。

　亮介なら、好きになれるかもしれないと思ったんだ。

　次の日、理緒たちに報告すると、すごく喜んでくれた。

　それを見て、私を心配してくれていたみんなに対して罪悪感が生まれた。

　本心は言わない。言えない。大ちゃんに彼女ができてから、伊織と隆志になにも言えなかった自分を思い出した。

　私は中学の頃からなにも成長していなかった。都合の悪いことは隠す。汚くてわがままな自分。

　こんなことを願うのは間違ってるってわかってる。でも願わずにはいられない。

どうか——どうか。

亮介のことを好きになれますように。

***

空が本格的な夏を迎えようとしていた。

その日は体育祭以上に、朝から大騒ぎだった。

年に一度の学校祭。うちの高校はもともと校則がゆるいせいもあってか、盛り上がり方が半端じゃない。体育祭と同様にコスプレをしたり浴衣を派手に着こなす人もいれば、わざわざ金髪にしてくる人までたくさんいる。

それに便乗して、私たちも浴衣を派手に着た。麻衣子に髪をセットしてもらい、由貴に着付けをしてもらって、四人ではしゃいでいた。

朝一でクラス対抗歌合戦。クラス全員で合唱するも個人で出るも自由らしく、私は麻衣子と一緒に出場した。

「お疲れ。麻衣子ちゃん歌うまかったな〜」

「ねぇ、大ちゃんは？」

ニヤニヤしながら白々しく冷やかしにきた植木くんをスルーして、気になったことをそのまま口にする。

キョロキョロとあたりを見渡してみても大ちゃんがいない。さっきまでいたはずなのに、いつの間にいなくなったんだろう。

「あいつ出店担当だから、もう行ったよ。なんか買いにいってやれば？」

「なに売ってるの？」

「唐揚げと焼きそば」

「両方好き！　行く！」

　駿くんに笑顔で返し、ひとりでその場をあとにした。

　大ちゃんに会えるなら嫌いな物でも行ったけれど、彼氏ができた以上、理由を作らなきゃいけないと思った。

　悟られないよう必死になりすぎていた。ただの友達なら、理由なんかなくてもいいのに。

　昇降口を抜けると、いろいろな出店が並んでいる。外は校内以上にすごく賑やかだ。

　太陽の日差しに目を細めながら見渡すと、少し離れた場所に３－Ｆの出店を見つけた。

「大ちゃん！」

　男子生徒は甚平を着ている人がたくさんいて、植木くんや駿くんもそうだったのに、やっぱり大ちゃんは普通に制服姿だった。

　本当に大ちゃんらしい。甚平姿も見てみたかったのに。

「菜摘じゃん。歌合戦ちょっと見たよ」

「ありがと！」

　差し出された唐揚げを受け取り、にっこりと微笑んだ。

　イベントに興味がなさそうな大ちゃんが、わざわざ見にきてくれたことが嬉しい。

「200円ね」

「えっ、お金取るの!?」

「当たり前だろー」

　もう唐揚げはひと口で食べちゃったから、少しふてくされながら財布を取り出す。

「嘘だよ。頑張ったご褒美」

　アップにした髪にそっと触れられて、少し……ドキドキした。

「じゃあ焼きそば買う。200円で足りる？」

「300円」

「えー、おまけしてよ！」

「売り上げかかってんだよ」

「ケチ！　バカ！」

「お前ふざけんなよ」

　渋々もう100円を取り出して、大ちゃんの手に置く。ちゃっかり焼きそばを大盛りにしてくれるところが大ちゃんらしい。

　割りばしを受け取ると、大ちゃんの後ろから、担任らしき先生が私たちに大量の唐揚げを差し出した。

「山岸。これやるから、彼女と食え」

　素直にドキッとした。彼女……に、見えるんだ。嬉しい。

「先生、こいつ彼女じゃないから」

　喜んだのも束の間、大ちゃんは当然のように否定する。

「ん？　違うのか？」

「でももらう。ありがとー先生」

　胸がズキズキと痛む。傷ついちゃダメなのに。

　実際に彼女じゃないんだから、否定するのは当たり前な

のに。私にはもう、亮介がいるのに。

頭ではわかっているのに、体がちっともわかってくれない。本心を押し殺しながら、焼きそばと大量の唐揚げをふたりで完食した。

そろそろ植木くんのバンドが出る時間だ。

大ちゃんも見に行くのかと思ったら、人混みは嫌いだから行かないと言われた。どこまでも盛り上がりに欠ける人だ。

大ちゃんと先生にお礼を言い、ひとりでみんながいる体育館へと急ぐ。理緒たち３人が最前列に陣取っているとメッセージがきていたから、人混みをくぐり抜けて合流した。

わくわくしながら待っていると、始まる直前、突然誰かに腕をつかまれた。振り向くと、亮介の姿。

「ちょっときて」

そのまま渡り廊下へ連れ出されて、ふたりで座る。亮介は、明らかにムスッとした表情であぐらをかき、小さくため息をついた。

「なんで電話出ねぇの？」

「電話？」

スマホを確認すると、亮介からの着信がたくさんある。

「あー……ごめん。気づかなかった……」

亮介はクラスパフォーマンスに出るため、朝からずっと練習していたから、まさか電話がくるとは思っていなかっ

た。

「……まあいいけど。浴衣似合ってるよ」

　まだ少し怒ったまま、亮介は私の右手をぎゅっと握った。

「ほんと？　ありがと」

　付き合い始めてから1ヶ月が過ぎて、もうふたりの形が徐々にでき上がりつつある。

　私は完全に追われる立場だった。いつも些細なことで亮介がふてくされるけれど、結局は亮介が折れる。まだ胸を張って〝亮介が好き〟と言えない私にとって、ある意味では居心地がよかった。正直に言えば楽だった。

「練習は？」

「1時間休憩。だから、菜摘と学祭回ろうと思ったのに」

「そっか。ごめんね」

　手を繋いだまま、しばらくそこで話していた。

　入学したての頃はよくここで大ちゃんと話したな、なんて考えてしまったことは、口が裂けても言えない。

　結局植木くんのライブは見損なってしまった。楽しみにしていたのに。

　ちょっと落ち込みながらいったん教室へ戻って、後夜祭のために浴衣を着直す。髪型も変えて、我ながらさっきまでとはまるで別人のような姿になった。

　再び体育館へ戻る途中、亮介から連絡がきた。

《俺もう帰るわ。みんなで打ち上げ行く》

　いつも絵文字たっぷりなのに、そっけない内容。

　わかってる。

　亮介は引き止めてほしいんだよね。「帰らないで」って「一緒に花火見よう」って、そう言ってほしいんだよね。
《わかったよ。ごめんね》
　わかっているのに私は引き止めなかった。
　亮介から返信はこなかった。
　亮介は優しい。人としてはすごく好き。それなのに、どうしていまだに男として好きになれないのか、自分でもわからなかった。
　でもいつか……いつか、きっと。
　亮介のこと、好きになれるよね？

　後夜祭はお決まりのベストカップルから始まり、今日一番の盛り上がりを見せた。
　そして外が暗くなった頃、トリにして最大の行事が始まる。これまたお決まりの花火大会。周りはカップルだらけで、学校なのにみんな人目も気にせずキスをしたり、手を繋いで寄りそったり。
　幸せそうな人たちを見ると、少し羨ましくて、少し寂しくなった。それでもやっぱり、亮介に会いたいとは思わなかった。
　大歓声と同時に打ち上げられた花火。理緒は彼氏のところに行ったし、由貴と麻衣子は花火も最前列で見ると張り切って、人混みにまぎれていった。
　私は少し疲れたから、みんなを見送ってひとりでぼうっと眺めていた。

　花火が中盤に差しかかった頃、後ろから髪を軽く引かれた。

　少し驚いたけれど、振り向かなくたって誰だかはわかる。私にこんなことをするのはひとりしかいない。

「大ちゃん」

　振り向くと、大ちゃんはにっこり微笑んだ。

「なんでひとりなの？」

「なんとなく。ちょっと疲れたし」

「彼氏できたんじゃないの？　噂で聞いたけど」

　……知ってるんだ。

　胸がチクリと痛んだ自分は、どこかに隠さなきゃいけない。

「うん……」

「一緒じゃないの？」

「さっき帰ったよ」

　ちょっとドキドキする。花火の音や歓声がすごくて、声をかき消されるから、自然と顔も近くなる。

　大ちゃんの口から〝彼氏〟って聞くの、嫌だな。いつかは慣れるのかな。平気になるのかな。

「てかさ、菜摘、浴衣似合うじゃん。普通に着てたほうがいいよ」

「……ありがとう。嬉しい」

「うん。素直でよろしい」

　髪型が崩れないように、いつもより軽く頭をなでてくれて。少し、泣きそうになる。

「めんこいな」

　あまり方言を使わない大ちゃんが、そう言って微笑んだ。

　中学の頃、大ちゃんに会える日は少しでも可愛いと思ってほしくて、頑張っていたことを思い出す。

　やっと言ってくれた。今さら言ってくれたのは、少しだけ癪だけれど。

　素直に喜んでもいいかな。いいんだよね？

　だって、可愛いって言われたら、誰だって嬉しいはずだ。

　それに今ここにいるのは、ふたりだけだから。

「……うん。ありがとう」

　そのまま少しだけ、一緒に花火を見た。

　亮介への罪悪感を押し殺しながら。

　花火の音より──自分の鼓動のほうが、ずっと大きく聞こえた。

＊＊＊

　学校祭が終わるとすぐ夏休みに入った。

　亮介には、あのあとすぐに謝った。やっぱり優しくて、笑って許してくれた。その優しさに、罪悪感は増すばかりだった。

　夏休みは亮介の部活が忙しくなり、私は休日のみのバイトをしていたから、あまり会えないまま終盤に差しかかっていた。

　今日はたまたまふたりの休みが重なって、亮介の部屋で

久しぶりに会っていた。

「ふたりで会うの久しぶりじゃない？」

　ベッドであぐらをかきながら、亮介が嬉しそうに言う。

　こういう無邪気なところが可愛い。外見は大人っぽいのに。

「うん。あんまり会えなくてごめんね」

「なんで謝るの？　バイトだからしょうがないじゃん。俺も部活あるし」

　亮介の優しいところが好き。「そうだね」と言ったら、亮介はにっこり笑った。

「もうすぐ2ヶ月だね」

「うん」

　まだ2ヶ月なんだ。いつも気を張りつめているせいか、なんだかやたらと長かったような気がしてしまう。

「俺さ、これから毎月プレゼント渡すよ。そんで、少しでも思い出増やそう？」

　まるで女の子みたいな発想だ。可愛い。

　亮介の笑顔を見ていると、心が温まる気がする。心の底から笑ってくれていることが、よく伝わってくるから。

　同時に、罪悪感は大きくなる。

「うん。ありがと」

　いつもなら私が「ありがとう」と言えば「可愛い」って言ってくれるのに、亮介はなにか言いたそうに眉を八の字にした。

　少しずつ顔が曇っていく。

「……菜摘さ、俺のこと好き？」

　迷うように上目遣いで私を見て、亮介が言った。

「なんで急に……」

「不安になった」

　少しでも雑音があれば聞こえないくらいの、本当に小さ
な声で、亮介はひと言そうつぶやいた。

「……亮介？」

　ふと、告白された時のことを思い出す。

『好きになれなかったら、振ってくれていいから』

　あの約束はちゃんと覚えている。あの時、私がなにより
も欲していた言葉だったから。

　私はまだ、それなりにしか亮介のことを好きになれてい
ないと思う。もっと正直に言えば、まだ〝早くちゃんと好
きになりたい〟と必死に思っている状態だった。

　じゃあ、どうして別れないんだろう。

「……好き、だよ」

　自分でもちゃんとわかってる。答えはひとつだけ。

　亮介を失うのが怖いから。

「俺のほうが好きだよ」

　小さく言って、亮介が私の肩を抱いた。一度優しくキス
をして、徐々に深いものへと変わっていく。

　キスは何度もしているけれど、いつもと違うことはすぐ
に気づいた。

　亮介に押し倒されて、私は拒まずに受け入れた。

　付き合いはじめて2ヶ月。初めて亮介に抱かれた。

「大丈夫？」

「痛くない？」

　亮介は何度もそう問いかけて、気を遣ってくれた。

「俺、超幸せ」

　——私も幸せだよ。

「大好きだよ」

　——私も大好きだよ。

「愛してるよ」

　私も——。

　ひとつも返してあげられない。

　返さなくて済むように必死に演技をして、時折小さく「うん」と返していた。

第 4 章
偽りの代償

とにかく自分に自信がなくて
好きだと言ってくれる人に依存していた
君と出会うまで　中途半端な恋愛を繰り返していたのも
そんな理由だった
君と出会ってから　変われたと思っていたのに
結局私は私のまま

自分のことばっかりで
いつしか君からも　自分の気持からも　目を背けていた
私が君から逃げなければ　なにかが変わっていたのかな
君はいつも　下手くそに笑っていたね

突然の変化

　大ちゃんと出会って1年が経とうとしていた。

　1年前の私はまだ、ただただ純粋に大ちゃんが好きだった。楽しくて幸せな恋になりますように、と願っていた。そうなると信じていた。

　1年後にはその願いが呆気なく打ち砕かれているなんて、他の人と付き合っているなんて、あの頃の私には想像できなかった。

　2ヶ月記念日には、亮介はネックレスをプレゼントしてくれた。

　約束を果たしてくれたというのに、私は喜ぶことなんてできなかった。

「菜摘」

　そっと名前を呼ばれたら、それは合図。そのままベッドに押し倒される。

　最近ずっとこればかりだ。会う時は亮介の部屋。少し話して、すぐにベッドの中。それの繰り返し。

　嫌で嫌でしょうがなかった。もともと私はこの行為があまり好きじゃない。それに、ただ〝する〟だけの行為を、亮介にしてほしくなかった。亮介には大切にされたかった。大切にされてるって、実感させ続けてほしかった。

　自分は亮介のことをちっとも大切にしていないくせに。

「菜摘、愛してるよ」

　毎回言われるこの台詞に、私は一度も返したことがなかった。

　最中に言われたってちっとも嬉しくない。でも私は、求められても断らなかった。拒否できなかった。亮介に、私の本当の気持ちを悟られることが怖かった。

　そして、亮介のもうひとつの変化。

「菜摘！」

　大声が聞こえたのは、他のクラスの男の子と話し終えて教室へ戻る時だった。

　ああ——怒ってる。

　眉根を寄せながら、亮介が男の子の背中と私を交互に睨みつけている。

「ふざけんなよ」

　私を見下すように睨みつけてから、低い声でそう言った。

　亮介のもうひとつの変化。それは、束縛。

「なにが？　別にキレられるようなことしてないけど」

　私も負けじと睨みつける。20センチの身長差がいつもより大きく感じた。

「なにがじゃねぇよ。なに他の男と話してんの？　見せつけてんのかよ」

　最近いつもこう。

　私にだって男友達くらいいる。他の男と話すな、なんて勝手な命令を素直に聞けるわけがない。

「友達と話してなにが悪いの？」

　何度もこう説得しているのに、亮介は一切聞く耳をもってくれない。いくら彼氏でも、友情を壊す権利なんてないはずなのに。

「俺と付き合ってんだから、男友達なんか必要ねぇだろ。彼氏いたら他の男と話さないのが普通じゃねぇの？」

　なんて勝手な言い分だろう。今まではこんなこと言わなかったのに、初めて抱かれた日から突然こんな風になった。

　だから、プレゼントをもらったって喜べなかった。プレゼントをもらう度に、まるで私を縛りつけておくための鎖みたいに思えた。

　だから私は、それを身につけることができなかった。それも亮介が異様に怒りっぽくなった原因のひとつかもしれない。

　私たちの喧嘩を中断させたのは、授業開始を知らせる鐘だった。

　束縛は嫌。別に男とふたりで遊んだりしているわけじゃない。ただ話していただけ。彼氏ができたら、友達まで捨てなきゃいけないんだろうか。

　ちょうどその頃から、あるサイトが流行っていた。うちの高校のホームページというか、裏サイトみたいなもの。

　チャット形式で話す掲示板もあって……まあ、主に悪口なんだけど。誰が作ったかはわからないそれは口コミで一気に広まり、みんなが見ていた。

『あいつ調子こいてる』

『あいつ嫌い』

『死ね』

　身元がバレないのをいいことに、あることないこと言いたい放題。

「また理緒の名前出てるし！　僻（ひが）むなっつーのっ」

「由貴も書かれてるよ。マジウザい！」

　理緒と由貴がスマホに向かって叫ぶ。サイトを閲覧して腹を立てるのが、私たちの最近の日課になりつつあった。

　だったら見なければいい。わかってはいるものの、自分の名前が頻繁に出ていればどうしても気になってしまう。

　理緒たちは目立つから、とにかく名前がよく出ていた。そりゃこんな派手な子が3人も集まれば、目立つに決まっているのだけど。

　私だけ標的から外れるなんて都合のいいことがあるわけもなく、私の名前もちょくちょく出ていた。悪口じゃない書き込みもあるとはいえ、そういうのに自分の名前が出るってあまりいい気分じゃない。

　そして、最近少し困っていること。

「山岸くんの連絡先教えてくれない？」

　休憩時間、他のクラスの女の子ふたり組にニコニコしながら言われた。

　最近こんなお願いをされることが増えてきた。

『紹介して』『連絡先教えて』

　そんなこと私に言われても困る。

　そこまで頻繁に言われるわけじゃないものの、言われる度にうんざりしていた。

「自分で聞きなよ」

　これが、毎回言う台詞。

「だって菜摘、山岸くんと仲いいじゃん」

　そして、毎回返ってくる台詞。

　前ほど会ったりはしていなくても相変わらず仲はいいし、会えば必ず話す。紹介してほしいって子がいるんだけど、なんて言おうと思えばすぐに言える。

　ただ、それは物理的に可能というだけであって、大ちゃんを誰かに紹介するなんてまっぴらごめんだ。絶対に教えたくない。

　でも私は、亮介と付き合ってるわけで、そんなことを言える立場じゃないから言わない。どこから変な噂が漏れるかわからない。

「ね、お願い！」

　みんな大ちゃんに彼女がいることは知っているらしい。アッサリ「知ってるけど、だからなに？」と言われたこともある。「連絡取るくらい別によくない？」とも何度か言われた。

「人に頼ってないでさ、自分で聞きなよ。それに彼女いるんだから無理だよ」

　何度断ってもキリがないから少しきつく言うと、ふたりは不満をあらわにした表情を見せてから、小声で文句を言いながら去っていった。

　またこれでサイトに悪口書かれるのかな……。そう思う
だけでどっと疲れが出た。

　大ちゃんは特別目立つタイプじゃない。植木くんや駿く
んは騒がしいから目立つけど、大ちゃんはその陰にうまく
隠れてただニコニコしているような人。それでもやっぱり
かっこいいから一部で密かに人気があるようだった。

　なにが虚しいって、私は彼女たちに怒る権利がまったく
ないこと。

　みんなよりも早く、大ちゃんに彼女ができるよりも先に
出会ったおかげで〝友達〟という武器を持つことができた
だけ。それを武器に大ちゃんのパーソナルスペースに入れ
てもらっているだけ。

　考えていることもやっていることも、この子たちとなに
も変わらないのだ。いや、私のほうがずっと卑怯かもしれ
ない。

『大ちゃんのなにを知ってんの？　なにも知らないくせに』

　──これが私の本音なんだから。

　昼休み、彼氏に会いにいく理緒の付き添いで3年生の教
室がある3階に行った。

　彼氏と楽しそうに話している理緒を廊下の隅っこで待っ
ていると、ちょうど大ちゃんが教室から出てきた。

「あ。大ちゃん」

「菜摘じゃん」

　理緒の彼氏は大ちゃんと同じ専門科だから、教室が隣同

士。

　それをわかっていて、タイミングがよければ会えるかも
しれないと少し期待してついて来たことは誰にも言えな
い。

「菜摘、なんか最近人気あるんだって？　植木が言ってた」

　あいつ、大ちゃんに言いやがったな。

　人気なんてとんでもない。あることないこと好き勝手に
書かれて、毎日イライラしっぱなしだ。

「植木くんだって人気あるじゃんっつっといて。あと、く
たばれハゲって。ムッカつく！」

「あー、ごめんね。言った俺も無神経だった。植木にも伝
えとくよ。なんかすげぇ大変らしいじゃん」

　俺は見てないけど噂ひどいよな、と言いながら、大ちゃ
んは少し眉をしかめた。

「でも、大ちゃんだって大変じゃん。さっきも『山岸くん
の連絡先教えて』って言われたよ」

　冷やかすように言うと、大ちゃんは困った顔をした。

「そういうの困るんだけど」

　素直にホッとした。

　同じ高校に入って気づいたことがある。大ちゃんは他人
に興味を示さない。

　遊んだことのある由貴の名前すら覚えていなかったし、
理緒や麻衣子だってもう何度も会っているのに、いまだに
名前を覚えていない。

　極度に人の名前と顔を覚えるのが苦手な人なのかと思っ

ていたけど、そうじゃないことに最近気づいた。

　大ちゃんはたぶん、そもそも覚えようとしていない。まるで興味を持っていない。大ちゃんのパーソナルスペースは驚くほど狭かった。

　私のことはすぐに覚えてくれたのに——なんて、いつまでそんなことを考えてしまうんだろう。

「俺が彼女以外に連絡する女は、菜摘だけだからって言っといて」

　少しかがんで、私の顔をのぞきこむ。顔が至近距離になってドキドキした。

　私が聞きたいのは、言わせたいのはそういうこと。菜摘は特別だよって、遠回しでもなんでもいいから言ってほしい。

　どんどん計算高く、卑怯になっていく。せめて大ちゃんの前でだけは、純粋な気持ちでいたいのに。

　教室移動があると言った大ちゃんを見送ってから少しすると予鈴が鳴り、彼氏と話し終えた理緒が迎えに来て、一緒に階段をおりていく。

「菜摘、山岸さんと話してたでしょ」

「ん？　うん」

「だから顔赤いのー？」

　危うく階段を踏み外しかけた。

　なんとかバランスを保ち、手すりにつかんで立ち直す。

「なに言ってんの！　顔赤い!?」

「うん、真っ赤」

　頬に手を当ててみると、本当に熱い。

　……だって大ちゃん、顔近いんだもん。

「亮介には内緒にしてあげる」

　語尾にハートをつけたような甘い声で理緒が言う。

　本当に、亮介にバレたりしたらなにを言われるかわからない。

「ちょ、理緒、待……っ」

　動揺を隠せなかった。まだ大ちゃんのことが好きだって、理緒にバレてしまったわけで。

　『大ちゃんのことはもう好きじゃない』と大嘘の宣言をして、その直後に亮介という彼氏ができたのだ。それなのに、実はまだ大ちゃんのことが好きだなんて。

　軽蔑されただろうか。けれど理緒はそんな素振りを見せずにっこり笑って、出会った頃より長くなった髪と短いスカートをふわりと揺らしながら、階段をリズミカルにおりていく。

「……理緒！」

　少し怖い。

　でも、もしかしたら私は、ずっとずっと誰かに話したかったのかもしれない。ずっと心の奥底で渦巻いているモヤを、どこかに吐き出したかったのかもしれない。

「ん？　なに？」

　こんなこと誰にも言えないと思っていた。

　でも、どうせバレてしまったのなら。

　この矛盾ばかりのどうしようもない悩みを、理緒に、すべて話してしまおうか。

「あのね、本当は――」

「菜摘！」

　言いかけた時、階段に大声が鳴り響いた。

　ヤバイ。今の話、聞かれてた……？

　そこには、もはや当然のように亮介が立っていた。

「どこ行ってたんだよ。電話シカト？　どこ行ってた？」

「亮介、待って！　菜摘は理緒についてきてくれただけだよ！」

　理緒が私をかばう。

「理緒、いいから！　先に戻ってて」

「だって本当に理緒が……」

「いいから。ごめんね」

　もう一度「大丈夫だから」と繰り返すと、理緒は心配そうな表情を浮かべながらも教室へ戻っていった。

　ポケットからスマホを出して確認すると、不在着信が3件ある。

「なに？　なんか用あった？」

　亮介は目を鋭くした。

　私は気が強いほうだと思う。どんなに睨まれようが、怒鳴られようが、しまいには物を投げられようが、怖くもなんともない。

　今怖いのはふたつだけ。

「どこ行ってたかって聞いてんだよ！」

　どうして怒られなきゃいけないの？

　休み時間まで拘束（こうそく）されなきゃいけないの？

「私の勝手じゃん」

　そう吐き捨てて亮介の横を通ろうとした時、腕を強くつかまれた。

「ふざけんなよ」

　そんなのこっちの台詞だ。

「いい加減にしてよ。そんな睨まれたって、別に怖くないから」

　舌打ちした亮介の腕を振りほどき、足早に教室へ戻った。

　怖いのは――いつか限界がくるということと、壊れていく環境（かんきょう）。それだけ。

冷たい手

　12月に入る頃には、裏サイトでの悪口がピークになっていた。

　覗けば必ず書かれている中傷。それはどんどんひどくなっていく一方で、本当に悲惨だった。

「菜摘！　これ見た!?」

　昼休み、お弁当を食べ終えて机に突っ伏していた私の肩を由貴が揺らす。顔を上げるとスマホの画面を向けられていて、そこに表示されている内容にさらりと目を通した。

「んー……さっき見た」

　気にしなければいいと頭ではわかっていても、1年生の中では圧倒的に私たちの中傷が多く、どうしても気になって見てしまう。

　特に理緒は3年生と付き合っているから、それも反感を買ってしまう理由のひとつだと思う。

　私も私で、亮介と付き合っていることで敵視されているようだった。それに気づいたのは、最近こんな内容をよく見るようになったから。

『亮介、浮気してるよ。あたしヤッたもん』

『菜摘、可哀想』

『さっさと別れろよ』

　そんなのばっかり。どうやら亮介は女の子たちに人気があるらしい。

「これマジ!?」

「わかんない」

「そっかあ……」

　由貴はスマホをポケットにしまって暖房（だんぼう）の前に座る。私も寝ぼけている頭と身体を起こすために大きく伸びをしてから、由貴の隣に移動して慰め合うようにぴったりとくっついた。

　可哀想？

　ふざけんな、楽しんでるくせに。いい気味だって思ってるくせに。

　もういい加減にしてほしい。心の底からうんざりしていて、ただただ、早く流行（りゅうこう）が去って落ち着くことを願っていた。

「亮介に聞いてみれば？」

　丁寧にアイラインを引きながら理緒が言う。

「聞いたって無駄だもん」

　亮介が浮気しているか、そりゃ気にはなる。でも聞いたところで喧嘩になるのは目に見えているし──本当にされているとしても、私に責める権利なんてない。

　亮介のことを好きになりたいという願いは、いまだに叶っていなかった。そんな私が、亮介のことを問い詰められる立場なんだろうか。

　答えなんて考えるまでもなく出てる。いいわけがない。

「理緒は？　彼氏と大丈夫なの？」

「大丈夫だよ。彼氏も、気にするなって言ってくれてるし」

　私たちと同じように腹を立てていた理緒は、最近は至って冷静だった。校内一のイケメンと言われている人と付き合っているから、僻まれるのはしょうがないと腹をくくったらしい。

　でも本当は傷ついてるに決まってる。冷静になったわけじゃなく、無理にでもそうしていないと耐えられないんだと思う。

　理緒に対する妬み嫉みは、私に対するそれとは比べ物にならないほどひどいものだった。「もう嫌だ」と一度だけ泣いた理緒を私は知っていた。

　その日の放課後、用事を済ませるためにひとりで職員室へ向かう途中、職員室の近くにある生徒指導室から意外な人が出てきた。

「駿くん？」

　もう金髪じゃない駿くんの後ろ姿はちょっとわかりにくい。それに駿くんと生徒指導室って無縁な気がする。植木くんならわかるけど。

「おう、菜摘。また悪いことしたのか」

「してないよ。たまたま通りかかっただけ。駿くんこそなにやらかしたの」

「進路相談だよ」

　駿くんは成績優秀らしく、仲間内では数少ない大学進学組。黒髪にした理由も受験のためだと聞いた。

「そうなんだ。大ちゃんは？」

　あっけらかんと聞いた私を見て、駿くんが短く笑った。どうして笑われたのかわからなくて首をかしげる。

「気になる？　山岸」

「えっ？」

　声が裏返る。顔から火が噴き出したんじゃないかと思うくらい熱くなった。

「違うよ！　だっていつも一緒にいるから！」

「植木のことはどうでもいいの？」

「そうじゃなくて……」

「俺の進路相談に山岸がついてくるわけねぇだろ」

　当たり前のことを笑いながら言われて、もう全身が熱い。もしかしたら湯気が出ているかもしれない。

　恥ずかしさ以上に、バレたことに対して焦った。駿くんの言う通り、駿くんの進路相談に大ちゃんがついてくるわけがない。完全に無意識に聞いてしまったのだ。

　理緒にバレて、駿くんにもバレて。

　私、全然隠せてないじゃん。

　駿くんは小さく息を吐くと、腕を組んで壁に寄りかかった。細めていた目が迷うように開く。

「山岸さ、最近あんまり学校来てねぇんだよ」

「え？　そうなの？」

　確かに最近ずっと会ってない。見かけてすらいない。学年が違うから会わない時は会わないし、そこまで気にすることではないと思っていた。

　まさか学校に来ていないなんて思わなかった。

「なんで来ないの？　なんか聞いてないの？」

　バレてるならもうごまかしてもしょうがないから、素直に駿くんに詰めよった。

「山岸が正直に言うと思う？」

　そうだよね。聞いたところで、大ちゃんが素直に言うわけがない。

　大ちゃんってたまにサボったりはしてるらしいけど、何日も学校を休むなんて私が知っている範囲（はんい）では初めてだ。

　なにかあったんだろうか。

「菜摘も理由知らないんだ」

「うん……」

「まあ、山岸に会ったら普通に接してやってよ。なんかあったんだと思うから」

　駿くんはそう言って小さく笑った。

　大ちゃん、どうしたんだろう。なにかあったのかな。

＊＊＊

　大ちゃんに会ったのは数日後の朝だった。

　相変わらず朝が天敵の私は、授業の開始時刻からだいぶ遅れて学校に向かっていた。

　寝ぼけてアラームを止めていたらしく、起きて時計を見た瞬間に１時間目には間に合わないと確信したので、２時間目に間に合うようバスに乗っていた。

　この時間帯のバスは好き。

　通勤・通学ラッシュはとうに過ぎているおかげで座れるから、外の景色をぼんやりと見ていられる。いつもあわただしく騒がしい朝の風景とは打って変わって、ゆったりと流れる時間は心地よかった。

　バスをおりると、ちらちらと雪が降っていた。白い足跡をつけながら、誰もいない道をひとりで優雅に歩く。ちょうど歩行者信号が赤に変わったので、すぐ横にある地下歩道の階段をローファーで音を立てながら下りた。

「菜摘？」

　後ろから聞こえた、振り向かなくてもわかる声。

　まさかここで会うと思っていなかった私の心臓は、ドキリと大きく鳴った。

「大ちゃん」

　振り向いた私に、大ちゃんは「おはよ」と微笑んだ。

　学校来たんだ──。

「遅刻？」

「うん。大ちゃんも？」

「1時間目、集会なんだよ。体育館寒いからさ」

　真冬の体育館に1時間も立ちっぱなしなんて、一種の体罰じゃないかと思うほどつらいものだ。

　サボりたくなる気持ちはよくわかる。そういえば、大ちゃんは寒がりだった。

「それサボりじゃん」

「菜摘もじゃん」

「私はただの寝坊」

「大して変わんないだろ」

　小さく笑って歩き出す。私も隣に並んで歩いた。

　地下歩道の空間に、ふたりぶんの足音が響く。

「……大ちゃん、最近学校来てないよね」

　なにか事情があるのかもしれないし、聞いていいのか悩みはしたものの、気になってしまって他の話題が浮かばない。

「んー……まあね。でも単位足りてるから大丈夫だよ」

「……そっか」

　予想通りの答えだった。

　やっぱり大ちゃんはなにも言ってくれない。そんなの私が求めている答えじゃないって、きっとわかってるはずなのに。

　これ以上は聞かないで、という無言のサインに思える。たぶんそうなんだろうけど。

「……あ、就活は？　もう終わってるの？」

「まあね。親父の会社に入るだけだから、就活は特にしてないけど」

　そういえば、家がお金持ちだって言ってたっけ。社長さんだったんだ。

　すごいね、と言葉を紡ぐことができなかったのは、いつか見た大ちゃんと同じ顔をしていたから。無表情で遠くを見つめる、喜怒哀楽のどれなのかまったくわからない、光が灯っていない色のない瞳。

「……そ、か」

　近くにいられてるんじゃないかと思うのに、一定の距離まで近づくと壁を作られてしまう。パーソナルスペースに入れてもらっているなんて、私の自惚れでしかなかったんだと思い知らされる。

　出会った頃から私たちの距離は変わっていないんだ。もしかしたら、あの頃よりずっと遠くなってしまったのかもしれない。それがとても寂しい。

　もっと近づきたいと何度でも思うのに、大ちゃんの厚い壁をぶち壊す勇気も度胸も、私にはなかった。

「心配してくれてありがと」

　口をつぐんでうつむいた私の頭を包むように、大ちゃんの大きな手が乗る。少し驚いてとっさに顔を上げると、目が合った大ちゃんは、もうすぐ出口だというのに突然立ち止まった。

「……髪」

「え？」

「髪、伸びたね」

　微笑んで、乗せていた手をするりと滑らせて私の髪をすくった。

　大ちゃんに言われてからずっと伸ばしていた、背中まで伸びた髪を。

「……覚えててくれたの？」

「え？」

「長いほうが似合いそうって、言ってくれたこと」

　あの時、大ちゃんはきっと何気なく言っただけだろうし、

覚えてくれてると思わなかった。今だってそう、なんとなく言っただけかもしれない。

なんのこと？と言われるかもしれないのに、私の口は頭で考えるよりもわずかに早く声を出していた。

伸ばしはじめたキッカケは大ちゃんのひと言だった。だから、大ちゃんのことをあきらめようと決めた時、亮介と付き合い始めた時、本当は髪も切ってしまおうかと思った。

でも、できなかった。

いつか、こうして言ってくれることを期待していたのかもしれない。

「え？　ほんとに俺が言ったから伸ばしてたの？」

こんなの、もうほとんど告白だった。

でも、恥ずかしいとか亮介に対しての罪悪感とか、それよりもはるかに大きな感情が私の中を埋め尽くしていた。

「似合う？」

大ちゃんはいったいなにを考えているんだろう。自分の言葉がキッカケで私が髪を伸ばしていたことを、大ちゃんも少なからず嬉しいと思ってくれたんだろうか。

「似合うよ。思ってた通り」

「えへへ、ありがとう」

私、髪伸びたよ。こんなに長くなったよ。頑張って伸ばしてるんだよ。

前に派手な子はあまり得意じゃないって言ってたから、明るすぎない色にしてる。髪が綺麗って言ってくれたのが本当に嬉しくて、傷まないように努力してる。もともとス

トレートの髪に、毎朝アイロンかけてるんだよ。

　私、頑張ってるんだよ。だからお願い。

　──私を見てよ。

「やべ、もうすぐ1時間目終わるじゃん。行こ」

「あ、うん」

　再び歩きはじめた大ちゃんのあとを追う。地下歩道から出ると、学校に着くまであと10分もかからない。

　1メートルほど前を歩いている大ちゃんは、ごく自然に、私に向けて左手を差し出した。

　寒がりのくせに、相変わらず首元にマフラーを巻いただけの、見るからに寒そうな格好。いつかくれた物と同じ、紺色のマフラー。好きな色なのかな。

　そんな薄着だから、大ちゃんの手は真っ赤だった。

　本能のままにぴくりと動いた私の右手は、大ちゃんの左手に重なることのないまま拳を作っていた。

　私には亮介がいる。大ちゃんには彼女がいる。素直に手を取れるわけがなかった。

　手を繋ぎたいなんて──思っちゃいけなかった。

「……ああ、そっか。彼氏いるんだっけ」

　ちらりと私を見た大ちゃんは下手くそに微笑んで、行き場のなくなった左手を学ランのポケットに入れた。

　出会ってからの1年間で、一番近くにいられたのはいつだったんだろう。

　初めて手を繋いだ日、私たちの距離はどれくらいだったんだろう。

「……うん。でもありがとう」

　拳を解いて、そっと、学ランの袖をつかむ。それに気づいて驚いたように目を丸くした大ちゃんは、なにも言わずに微笑んで、また歩きはじめた。

　それから学校に着いて手を離すまで、ひと言も交わさなかった。

　声なんて出せなかった。全部全部、溢れてしまいそうだった。

　時折触れた大ちゃんの手は——とてもとても、冷たかった。

　昇降口で大ちゃんと別れると同時にチャイムが鳴り、休み時間になった廊下は騒がしかった。

　教室へ向かうと、亮介がちょうど教室から出てきた。

「菜摘！」

　友達と離れて私の元へ駆け寄る。

「また遅刻かよ」

　私をからかうように大きな口を開けて笑う姿を見て、急激に大きな罪悪感が押し寄せた。

　だって、たった今、『彼氏がいなかったら手を繋げたのに』って、『大ちゃんの手を取りたい』って、『私を見てよ』って——そう思ってしまったから。

　私は今、言い訳なんてできるわけがないほど最低なこと

をしてる。

「あ…うん。まあね」

　うまく話せない。

　亮介の目を見れない。

「ちゃんとこいよ。ダブるぞ」

「こっちの台詞です」

　亮介は進級する気があるのか怪しいほど遅刻と早退の常習犯だった。朝会うことなんて滅多にないのに、どうして今日に限っているの──。

　チャイムと同時に教室へ入っても、『バレなくてよかった』『ごめんね』頭の中はそれでいっぱいだった。

　なにに対してごめんなのか、もうわからなかった。

　謝らなきゃいけないことが多すぎて、いくら謝っても足りなかった。

本当の気持ち

　決して平穏とは言えないまま、毎日が足早に過ぎていく。

　亮介との喧嘩は絶えなかった。嫉妬以外でも、亮介は私のちょっとした言動にひどく敏感だった。どうして怒ったのかまったくわからない時も少なくなかった。

　一緒にいて楽しいと思える時間のほうがずっと少ないのに、こんな付き合いなんて楽しいわけがないのに、それでも私は亮介に別れを告げることのないまま過ごしていた。

　そんな私が、もうとっくに限界を迎えていることを思い知らされたのはクリスマスイブの日だった。

　その日は終業式ということもあって、校内は朝からいつも以上に賑わっていた。

「由貴、クリスマス誰と過ごそう」

「あたしもー」

　由貴と麻衣子が同時にため息をついた。

　彼氏がいないふたりは、12月に入った頃からずっとこう繰り返している。ちょくちょく彼氏ができてはいるものの、あまり続かないようだった。

「菜摘は？　亮介と過ごすの？」

　チェックのマフラーを巻きながら理緒が言った。

「うん」

　喧嘩ばかりとはいえ、仲がいい日ももちろんあって、そ

れなりに普通に過ごしていた。私は他に好きな人がいて、
亮介は浮気疑惑があって。それのどこが〝普通〟なのか、
自分でも疑問に思うけれど。

　そんな状況でも、クリスマスは一緒に過ごそうと約束し
ている。

「いいなあ。由貴も彼氏ほしい！」

　暖房の前で駄々をこねる由貴を、麻衣子が「よしよし」
と慰める。

　理緒も彼氏と過ごす予定らしい。幸せそうに微笑む理緒
が、少し羨ましかった。

「一緒に過ごすってことは、うまくいってんの？」

　肯定しか求めていない由貴の満面の笑みを見て、少しド
キッとした。答えは間違いなくNOだから。

「あ……うん。まあね」

「よかったね！」

　喜ぶ由貴を見たら、正直に言うことなんかできなかった。
だって由貴は、私のことを心配して亮介のことを紹介して
くれた張本人で、誰よりも応援してくれているから。

　放課後、亮介の家へ向かった。今日も早退した亮介。

　クリスマスくらいは一緒に帰るのかと思っていたけれ
ど、もう気にならない。

「菜摘！」

　玄関を開けた途端に満面の笑みで飛びついてきた。体当
たりと言ったほうが正しいくらい勢いよく抱きつかれて、

バランスを崩して２、３歩後ろに下がる。

「メリークリスマース！」

　私から離れてにっこりと微笑んだ。

　喧嘩さえしなければ、亮介は今でもこうして私に抱きついてきたりする。どんなに喧嘩をしても別れを決断できない大きな理由でもあった。

　こういう時は素直に可愛いと思えるから。

「どうしたの？　なんでそんなにハイテンションなの？」

「クリスマスだから！　早く行こ！」

　一度家を出て、近所のケーキ屋さんでケーキをふたつ買い、亮介の部屋で乾杯してケーキを頬ばった。

　今日の亮介は機嫌がよかった。私も安心して、久しぶりに訪れたおだやかな時間を楽しんでいた。

「菜摘、今日泊まっていけよ」

　７時を回った頃、亮介が言った。

「いいよ。じゃあ１回帰るね」

「なんで？」

「着替えたいし、なにも持ってきてないから」

　亮介と私の家は、往復１時間ほどかかる。いったん帰って準備をしなければと思い、ソファーから立ち上がってカバンを手に取った。

「９時くらいにまたくるね。じゃあ……」

「なんで？」

　さっきとは違って、ひときわ低い亮介の声。怒っている時の声。

　驚いて固まる私の腕をつかんだその手には、必要以上に力がこもっていた。

「え……だから、着替えとか」

「いいだろそんなの。このまま泊まれよ」

　目が笑っていない。

　心臓がドクンと嫌な音を立てた。

　嫉妬以外で亮介が怒る時はいつも突然で、タイミングがまったくつかめない。

「な？」

　もう着替えなんてどうでもいい。ただ、一刻も早くこの場から、亮介から離れたい。

「でも……」

「うるせぇな！」

　怒鳴り声と同時に、力強く腕を引かれた。下にあったはずの亮介の顔が上にくる。

「ちょっと黙ってろよ」

　電気がついたままの部屋。ソファーの上。逆光で亮介の顔が暗い。

　表情なんてなかった。まるで物を見るような、そんな目。

　両腕を固定されたせいでうまく身動きが取れない。首に這う舌の感覚が気持ち悪い。汚いとさえ思った。

「やめてよ！　触んないで！」

「うるせぇな！　俺のこと好きじゃねぇのかよ！」

「なんでそうなるの!?　こんなの嫌に決まって──」

「黙れって！」

こんなの亮介じゃない。

涙は出ない。絶対に泣かない。

痛みも恐怖も、心の悲鳴も、ただ、ひたすらこらえていた。

嫌だ。嫌だ——。

どうしてこうなるんだろう。

幸せな恋がしたいと思っていたはずなのに、どうしてこうなっちゃったんだろう。

私はいったいなにをしているんだろう。

なにがしたいんだろう。

痛みに耐えながら、現実逃避をするようにそんなことを考えていた。

乱れた髪。まくられた服。足にぶらさがっている下着。

そして、心にも身体にも刻まれた、鈍い痛み。

今最も憎むべきその人は、何事もなかったかのように、平然とスマホを触っていた。

私はソファーに寝転がったまま呆然とその姿を眺めていた。頭がぼうっとしているせいで、たった今なにが起こったのか、うまく整理できない。

おぼつかないまま両腕に力を込めて重い身体を無理やり起こし、乱れたものを直していく。ベージュのカーディガンを着て、上からコートを羽織る。

ひと言も交わさないままカバンを手に取り、部屋をあとにした。

　少ない街灯に照らされた薄暗い道を、ただひたすら歩いていく。途方に暮れるって、こういうことをいうんだろうな。

　なんて惨めなんだろう。今日はクリスマスイブ。亮介の家の玄関を開けた時は、きっと今日くらいは楽しく過ごせると思ったのに、まさかこんなに最悪な日になるなんて。

　身体が痛い。手首には、私をおさえつけていた亮介の手の感触がハッキリと残っている。

　わかってる。全部自分が悪い。

　私に亮介を責める権利なんかない。全部自分が招いたこと。全部全部、自分のせい。私の責任。そう言い聞かせれば言い聞かせるほど、絶望しかなかった。

「……あ」

　通りかかったのはあの公園だった。高校に入学してからは何度も何度も通っているのに、なぜか今はひどく懐かしく感じた。

　この公園は亮介の家から私の家までの途中にある。だから通りかかってもおかしくない。

　でも、決して最短ルートではなかった。

　足は自然とその公園の中に向かっていた。雪で埋まっているベンチを通りこし、一番奥のベンチに腰かけた。

　屋根がついている、私の指定席。私とあの人の場所。

　ふたり並んで笑い合っていた日々が、遠い昔のことに思えた。

　思い返すとなんだか無性に人恋しくなり、冷たい機械を

握りしめる。スマホってこんなに冷たかったっけ——。

　メッセージの履歴を順番に見ていく。

　理緒。今頃、彼氏と楽しく過ごしてるのかな。

　由貴、麻衣子。フリーの友達を集めて朝まで遊ぶって言ってたっけ。

　伊織。せっかくのクリスマスに久しぶりに呼び出して、泣きつくのは嫌。

　隆志。今はきっと、高校に入ってからできた彼女と幸せな時間を過ごしてる。

　みんな楽しく過ごしているのに、こんな状態で割りこむわけにはいかない。今はとても楽しく笑える気分じゃない。

　私、誰もいないじゃん——。

　寒さがそうさせるのか、そんな被害妄想を抱いてしまう。

　そのまま見ていくと、ひとつの名前が目に入った。名前を見ただけで目に涙が滲む。

　寂しかった。悲しかった。

　この広い公園で幸せだったあの頃を思い返していると、ひどく孤独感に襲われた。

　会いたい。会いたい。

　その一心でかじかむ指先を動かしていた。

《助けて》

　後悔したのは送った直後。

　急にこんな、被害妄想丸出しのメッセージがきたらびっくりするに決まってる。

　自分勝手もいいとこだ。逃げたかったはずなのに、結局

自分ですがりついている。

　私、本当にバカだ。

　今までしてきたことがなんの意味もないことに、今さら気づくなんて。

　スマホが音を立てて震えたのは、送信してからたったの数分後だった。

【着信中：大ちゃん】

　まさかこんなにすぐ、それにメッセージじゃなく電話がきたことに驚いて身体が小さく跳ねた。戸惑いながらも通話に切りかえる。

「……はい」

『菜摘、どうした？　なんかあった？』

　大ちゃん——。

「……ごめん」

『ごめんってなんだよ。どうした？　なんかあった？』

　後ろが騒がしい。カラオケにでもいるんだろうか。

「……今どこ？」

『植木たちとカラオケだけど……どうしたんだよ。言ってみ』

　そうなんだ。よかった。彼女と一緒じゃなくて、よかった。素直にそう思った。

　優しい声を聞いてしまったら、もう我慢できなかった。

「……助けて」

『はっ？　今どこ!?』

「公園……」

『待ってろ！』

　一方的に切られた電話。

　待ってろって……まだ公園としか言ってないのに。場所わかるの？

　わからない。でも、どうしてだろう。なんの根拠もないけれど、大ちゃんは来てくれると思った。

　自分勝手なのはわかってる。最低だってわかってる。

　とにかく会いたい。大ちゃんに会いたい。

　それしか考えられなかった。

　ただただ、大ちゃんが来てくれるのを待っていた。

　少しだけ温かくなった機械を、強く握りしめながら。

　公園の入り口から走ってくる姿が見えたのは、電話を切ってからたったの数分後だった。

「菜摘！」

　来るの早すぎだよ。公園なんて、他にもたくさんあるじゃない。

　大ちゃんにとっても、この公園は特別なんだろうか。この公園で私と過ごした日々のことを、まだ覚えてくれているんだろうか。

　そう思うと、私に向かってまっすぐに飛んできたその声に、また涙をこらえきれなくなって。

「大ちゃん……」

　震える声も、溢れた涙も隠さずに、差し出された大きな手を素直に握った。

「……ひとりで泣いてたの？」

　私の前にしゃがむ。触れた手はとても冷たいのに、なぜか心がじんわりと温まる。

「……泣いてない」

　泣いてるよ。こんなにも、涙が溢れてる。

「泣き虫。大丈夫だから、もう泣かなくていいよ」

　ついさっきまで、あんなにも孤独を感じていたのに。大ちゃんは握った手をほどき、両腕で私を丸ごと包み込んだ。

「寒かったろ」

「……うん」

　大ちゃんにこうして抱きしめてもらうの、いつ以来だろう。もう二度とこんな日はこないと思っていた。

　ほんの少し前に、差し出された手を握ることさえためらっていたのに、私は素直に大ちゃんの背中に両手をまわした。ためらいなんてもうなかった。

　そうだ。人のぬくもりはこんなにも温かい。こんな温かい気持ち、もう忘れていたかもしれない。

　心から温まるような、世界一の幸せ者になれちゃうような、そんな気持ち。

「……彼氏となんかあった？」

　私を抱きしめていた手を両肩に移動させて、しゃがんだまま顔をのぞきこんだ。

「……なんにもないよ」

「俺に言えないようなこと？」

　答えずにうつむいたままの私を見て、大ちゃんは開きか

けた口をつぐむと、困ったようにこめかみをかいた。

　私から手を離して立ち上がった大ちゃんをあわてて見上げる。

　この場から去ってしまうのかという不安は外れて、隣に座り直した大ちゃんはもう一度私を抱きしめた。

「泣かなくていいよ。いい子だから」

　まるで子供をあやすみたいな言い方。

　それなのに私は、頭をなでてくれる優しい手に安心して、溢れてくる涙を我慢することなく流し続けた。

「……ごめんなさい」

　急にあんなメッセージを送って、こんなに急いで来てくれたのになにも言わないなんて、呆れられてもしょうがない。怒らせてしまってもしょうがない。

　しゃくりあげながら声を絞り出した私の背中を、ゆっくりと一定のリズムで優しくさする。

「いいよ。言えないくらいつらかったってことだろ」

　違うよ。大ちゃんに言いたくないわけじゃない。

　嫌なの。

　大ちゃんの口から〝彼氏〟って聞くの、どうしても嫌なの。

　大ちゃんに〝彼氏〟の話をするのは、もっと嫌なの。そんな自分が、すごく嫌なの。

　彼氏に襲われたなんて、大ちゃんには絶対に言いたくないの。

　　──どうしても、大ちゃんが好きなの。

「鼻水つけんなよ」
　私が少し落ち着いてきた時、耳元で大ちゃんが小さく
笑った。
「……もうついてるかも」
「ふざけんな、バカ」
　大ちゃんの胸に埋めていた顔を離し、息を整えるために
深呼吸をする。それに合わせるように、背中をポンポンと
2回なでた。
　見上げるとそこには優しく微笑んでいる大ちゃんがい
て、ホッとしたはずなのにひと筋の涙が頬を伝った。大ちゃ
んは「また泣くのかよ」と小さく笑って、人差し指でそっ
と涙を拭った。
「寒いね。送るから帰ろう」
「……いい。また帰り歩きになっちゃうよ」
「まだバスあるから大丈夫だよ」
「でも」
「余計なこと考えんな」
　いつか同じ会話をしたことがある。
　大ちゃんは変わらないね。私は変わっちゃったよ。
「……うん。わかった」
　もう雪が降っているから、自転車でふたり乗りはできな
いけれど。
　いつかみたいに、手を繋いで、いろんな話をしながら、

ふたりで並んで歩きたい。

あの頃に戻りたい。ただただ、純粋に大ちゃんが好きだったあの頃に。私、どんどん汚くなっていく。

戻りたいよ。大ちゃん——。

「ほら、早く行かないと」

大ちゃんはそう言って立ち上がり、私の頭を軽くなでた。

「うん。……大ちゃん」

「ん？」

「……ありがとう」

「どういたしまして」

どちらからともなく手を繋いだ。あの日繋げなかったぶん、確かめるようにぎゅっと握った。もうためらいなんてなかった。

今あるのは、初めて手を繋いだ日と同じ気持ちだけ。

大ちゃんが好き。それだけだった。

「お前の手、超冷たいじゃん」

「大ちゃんの手だって冷たいよ」

嘘だよ。すごく温かい。

「もっと早く来ればよかったね。ごめんね」

ううん、それは違う。すぐに来てくれて、本当に嬉しかった。

「ううん」

私は大ちゃんに救われたんだよ。

今回だけじゃない。私は今まで、何度も何度も、大ちゃんに救われてきたんだよ。

＊＊＊

　もう限界だった。なにもかも。私も亮介も、ずっと前からわかっていたはずなのに。

　もう遅いのはわかってる。いい加減、全部終わりにしなきゃいけない。

　大ちゃんのことをあきらめるなんて、大ちゃんへの気持ちから逃げるなんて私には無理だって、痛いほどよくわかった。

　ちょっとしたことでも、なにかある度に、大ちゃんに会う度に、どうしても大ちゃんが好きだと痛感してしまう。

　家に着いてスマホを見ると、何度も何度も亮介から電話がきていた。

　折り返すと、すぐに「ごめん」と言った亮介に「話がある」と答えた。

　亮介が謝ることじゃない。あんなことをされても文句を言えないくらい、もうたくさんたくさん傷つけてきた。

　謝らなきゃいけないのは私のほう。

　もう亮介を開放してあげなきゃいけない。

　冬休みは一度も会わないまま新学期を迎えた。

　会ったのは亮介の家。

　怖くない。レイプされたわけじゃない。彼氏に無理やりされただけ。

　自分にそう言い聞かせて、小刻みに震えている手を
ギュッと握り締めて、ただ別れることだけを考えた。

　薄暗い部屋。亮介は電気もつけずベッドに座ると、床に
座ろうとした私の手を強引に引いて隣に座らせた。

「菜摘」

　近づいてくる顔。湧き上がるように芽生えた怖さのせい
で、私はとっさに亮介を突き飛ばしてしまった。

「……なにやってんだよ」

　言い訳も通じないくらい、あからさまにかわしてしまっ
た。でも、したくない。またあんなことをされるかもしれ
ないと思うと、触れられただけで、怖くてしょうがなかっ
た。

　それに、今日会ったのはそんなことをするためじゃない。

「話があるって言ったじゃんっ」

「そんなのあとでいいよ」

　私を強引に押し倒して上に覆いかぶさる。

「やだって！　触んないで！」

　乾いた音が鳴ったのと自分の手が動いたのに気づいたの
はほぼ同時だった。

　一瞬、時間が止まったかと思った。

「……意味わかんね。なんで殴られなきゃなんねぇの？
ふざけんなよ」

　亮介は真っ赤に腫れた左頬に手をあてながら、部屋から
出ていった。

　亮介のこと、殴っちゃった……。

　呆然としながら、ふとテーブルに目を向ける。

「スマホ……」

　視界に入りこんできたのは亮介のスマホ。家に向かっている時からずっと、震えっぱなしのスマホ。

　どうしてだろう。前々から疑っていたわけじゃないのに。

『亮介、浮気してるよ』

『あたしヤッたもん』

　あんな書き込みのことなんて忘れていたのに。

　ためらうこともなく中を見てしまった。

「……なにこれ」

　中を見ると、着信履歴もメッセージも、ほぼ同じ名前で埋めつくされていた。今の電話もそう。

《今から会おう》

《会えて嬉しかった》

《好きだよ》

《また会おうね》

　こんな内容ばかり。相手は知らない名前だった。

　裏サイトでの書き込みは本当だったんだ。

　ショックは受けなかった。むしろホッとした。これで別れられる。私が被害者になれる。

　亮介を裏切り続けていたのは自分なのに、亮介のことを責める資格はないとわかっていたはずなのに、そんな最低な考えが頭をよぎった。

　私はこういうシチュエーションを望んでいたんだと初めて気づいた。自分が悪者になりたくないなんて、まだそん

なことを考えていた。

「お前、なにしてんの？」

　声の主は、壁にもたれかかりながら眉間にしわを寄せている。お前って、亮介に初めて言われた。

「なにしてんのはこっちの台詞。浮気してたんだね。私バカだから気づかなかった」

「はあ？　浮気なんかしてねぇよ。スマホ返せ」

「全部見たから」

　スマホの画面を向けると黙りこんだ亮介に、スマホを投げつけた。

「……ごめん」

　罰（ばつ）が悪そうにうつむく。

「いいよ別に。別れよ」

「……え？」

「その子と付き合えばいいよ。別れよう」

　亮介があわててベッドに座っている私の足元に来ると、立て膝をついて私の腕にしがみついた。

「やだよ！　別れたくない！　もうしないから！」

　震える亮介を見て、私は少し動揺していた。

　私たちはもうずっとうまくなんていっていなかった。ずっと前から、とっくに壊れていた。亮介だって、いい加減私にうんざりしていると思っていた。

　別れを切り出してこないのは、単にもう都合のいい関係でいたいだけだと思っていたのに。私が言えば、アッサリ

受け入れて他の子と付き合うと思っていたのに。

　亮介は今、目に涙を浮かべて子犬みたいに震えていて。

「……亮介？」

「菜摘が好きなんだよ。本当にごめん。別れたくない……」

　最初の頃、亮介といたら心がおだやかになった。

　でもそれは、優しかったから。弱っている時に優しくしてくれたから。どんなに鈍感な人でも気づくくらい、まっすぐに私を好きになってくれたから。

　あの時は、本当に、好きになれると思った。新しい恋ができるのなら相手は亮介しかいないと、こんなにも私のことを好きになってくれたこの人であってほしいと、思った。

「……ごめん」

　──やっぱりダメだ。

　レイプまがいのことをされようが、浮気をされようが、それでも亮介を責めることなんてできないくらい、亮介を傷つけてきたんだから。

　どうして自分が被害者になれるかもしれないなんて一瞬でも思ったりしたんだろう。そんなことできるはずがないのに。

「……ごめん、亮介。戻れない」

　大ちゃんは私を見てくれない。苦しかった。逃げ出したかった。そのために亮介を利用した。

　亮介は私と同じだったんだ。

　私が亮介のことを見ようとしていなかったから、苦しくてしょうがなかったから、他の人に逃げようとしたんだ。

「亮介、わかってるんだよね。最初からずっと、わかってたんだよね。私は……」

好きになりたいと思ったのに。きっと好きになれると思ったのに。

どうして亮介じゃダメだったんだろう。

どうして、どうしても、大ちゃんじゃなきゃダメなんだろう。それだけは今でもわからなかった。

「他に好きな人がいる。亮介のこと……好きじゃなかった」

なんて最低な台詞なんだろう。「他に好きな人ができた」でも、「もう好きじゃない」でもない。

ずっと大ちゃんだけが好きだった。最初から最後まで、亮介のことは好きじゃなかった。

あまりにも自分勝手で最低な台詞を、脱力したようにうつむく亮介に吐き捨てた。

「……ごめんね」

そして、部屋をあとにした。

うまくいかなくなってからここまで、頑なに別れなかった理由はわかっていた。

亮介がいなくなったら、私を一番に想ってくれる人がいなくなるから。そうしたら、大ちゃんから逃げる理由がなくなってしまうから。

私は自分の勝手すぎる都合だけで優しい亮介を利用した。

自分勝手にもほどがある。自分の都合だけで、人をここ

まで追いつめたという事実は消えない。

　亮介から笑顔を奪ったのは間違いなく私だ。

　優しくて、照れ屋で、甘えん坊な亮介。人として好きだったはずなのに、いつしかその人間性すらも失わせていた。

　人を傷つけるのがどういうことなのか、私は全然わかっていなかった。

『俺のほうが好きだよ』

　亮介は最初からわかっていて、ずっと不安を抱えていて、ずっと我慢していて。あの日、なにかが切れたんだと思う。

　亮介が私の本当の気持ちに気づいてるってこと、私はずっとわかってた。それなのに、それをまた利用した。

　こんな私を、こんなに好きだと言ってくれる人を失うのが、怖くてしょうがなかった。それなら嘘をつくほうが、何倍も容易いことだった。

　もっと早く解放してあげればよかったのに。

　どこまでも追いつめて、限界まで傷つけた。私は結局、いつまでたっても自分が一番大事だった。

　自分を守るためなら、平気で人を傷つけた。

爆発
ばくはつ

　別れた次の日の朝、３人に別れたことを報告した。

　理由は言えなかった。私は結局自分を守ることで精いっぱいだった。友達に嫌われるのが怖かった。

　３人が特になにも聞いてこなかったのが救いだった。

　その日の放課後、昇降口で大ちゃんを見かけた。大ちゃんと話すのはクリスマスの日以来。今でもあまり学校には来ていないみたいだった。

　まあ、単位と出席日数は問題ないらしいし、もうすぐ卒業だしね。

「……彼氏とどう？」

　大ちゃんが珍しく控えめに言う。

　クリスマスのこと、気にしてるのかな。

「別れたよ。昨日」

「マジ？　なんで？」

　久しぶりなのにこんな暗い話はしたくなかったけれど、気になるに決まってる。あれだけ泣いて『助けて』なんて言っておいて、それでも別れなかったのに、急にアッサリ「別れた」だなんて。

　泣いていた理由は結局言わずじまいだったけど、あの時質問に答えなかったことがなによりの答えだ。大ちゃんはきっとわかってる。

「……好きじゃなくなったから、かな」

　大ちゃんが好きだからって言ったら、どうする？

「そっか……」

　そうつぶやくと、大ちゃんはもう一度私の頭に手を乗せて、今度はゆっくりと3回なでた。

　やっぱり、この仕草がたまらなく好き。ドキドキする。

「慰めてくれてるの？　ありがと」

「植木と駿にも報告してやんな。あいつ最近元気ないって、菜摘のこと心配してたよ」

　直接報告したりはしていなくても、たぶん知ってると思う。散々サイトに書かれているから。

「……たぶん知ってるよ」

『菜摘が亮介に愛想を尽かした』

『亮介が浮気した』

『喧嘩して別れた』

『本当は菜摘が浮気した』

　他にもいろいろ。まあ想像力が豊かなこと。

　中でも一番腹が立った書き込みは、

『妊娠して堕ろして別れた』

　だった。

　バカみたい。

　そんな書き込みに腹を立てている私もバカだ。

「まあさ、無理すんなよ」

「してないよ？」

「そう？」

　やめてよ。優しくされたら泣きたくなる。

また被害者ぶりたくなる。

「じゃあ、またね」

行かないでって言っちゃいそうになる。

「……うん。またね」

最低な自分を、正当化したくなるから。

これ以上、好きにさせないで。

＊＊＊

最近、私は少し情緒不安定だった。

亮介と別れてから、サイトの話題はそのことで持ちきり。中傷は増えていく一方だった。さっさと別れろとか書いていたくせに、実際に別れたら私へのバッシングがあとを絶たなかった。

それと、抱えている悩みをずっと誰にも言えずにいたから、溜め込むのも限界だったのかもしれない。

亮介と別れたことで、張り詰めていたものがふっと切れたのか、ちょっとしたことでイライラしたり泣きそうになったり、普段より感情の起伏が激しくなっていた。

《やり直したい》

亮介から頻繁にくる連絡が、余計に苛立ちを募らせた。

恨んでほしいのに。憎んでほしいのに。

結局はずっと他の人が好きで、亮介の気持ちを利用して被害者ぶってた最低女って、嫌いになってほしいのに。

戻りたいなんて言わないで。好きだなんて聞きたくない。

また甘えたくなってしまう。

どうしてみんな、そんなに優しいの？

みんなの優しさは私を汚くさせる。私はそんな自分を受け入れたくないのに。

そんな矢先だった。

ついに爆発してしまったのは、1月が終わろうとしていた頃。1時間目の古文の授業中だった。

自分の中での葛藤としつこく続くサイトでの中傷に、なにをするにも気力が湧かず、私は机に顔を伏せていた。

「おい、お前！　寝るな！　だらしない！」

耳に響いたのは男の先生の怒鳴り声。

とにかく生真面目なこの先生は私のことが気に入らないらしく、事あるごとに注意されていた。

「……は？　私に言ってんの？」

「お前以外に誰がいる!?」

私のように真面目じゃない人間は気に入らないのだと思う。それはよくわかる。

ここで熱くなっちゃダメだ。実際に、悪いのはちゃんと授業を聞いてなかった私なんだから。

それに、今キレたら止まらない気がする。

落ち着かなきゃと必死に考えているのに、苛立ちを抑えきれず反抗してしまう。

「他にも寝てる人とか化粧してる人とか、スマホいじってる人とかいっぱいいるんじゃん。なんで毎回私だけなわけ？」

　いつもはめんどうくさくて流していたけれど、とにかくタイミングが悪い。今はどうしても感情を抑えきれない。

「なんだ、その口の聞き方は！」

　イライラする。うざったい。

「うるせぇな！　いっつもこっちが黙ってるからって調子乗んなよ！」

　頭に血がのぼり、周りも気にせずに大声で暴言を吐く。

　完璧に八つ当たりだった。

「いい加減にしろよ！」

　先生は顔を真っ赤に染めながら怒鳴る。

　でも完全にキレてしまった私は、もうなにも考えられなかった。

「はあ？　こっちの台詞だろ。毎回私にばっか口出してきやがって！」

　私は苛立ちをぶつけるように、席を立って教壇を思いきり蹴った。

　大声と騒音が廊下にまで響いていたのか、他のクラスの人たちや上級生まで来ていて、いつの間にか廊下は野次馬で溢れ返っていた。

　暴言を吐きながら今にも殴りかかろうとする私を、理緒たちをはじめクラスメイトが止める。それでも止まらなかった。

　行き場がなく爆発した感情を暴言に変えて、ただ目の前に立っていただけの教師にぶつけ続けた。

「菜摘！」

　そんな時に聞こえたのは、私を呼ぶ声。大好きな人の声。

　振り向くと同時に腕をつかまれた。

　目が合った大ちゃんは、とても哀しそうな顔をしていた。

　いつか大ちゃんが喧嘩をした時の私と同じ。

「……大ちゃん」

　散々暴れたのに。誰の声も届かないくらい、なにも考えられないくらい、我を失っていたのに。

　この声は、まっすぐ私に届いた。

　たったひとりの声で、落ち着きを取り戻してしまった。

「お前……暴れすぎ。おいで」

　野次馬を抜けて私の腕を引く。

　大ちゃんは目で合図をしてから、先生方につかまらないよう全速力で駆け出した。私も手を引かれるままついていく。

　教室を出た時、呆然と立ちつくす亮介と一瞬目が合った。亮介は、別れた日と同じ目をしていた。

　校門を出ても大ちゃんは足を止めることなく進んでいく。着いた場所は、あの公園だった。

　ふたりの指定席に座る。上着を持ってきていないから、少し寒い。

「……この公園、クリスマス以来だね」

「うん。やっぱ寒いな」

　さっき私を呼んだ時とは違う明るい口調で言いながら、両手で二の腕のあたりをさする。

　私も小さく身震いをして両手をこすった。

　少しの沈黙が続くと、大ちゃんが静かに口を開いた。

「菜摘、どうした？」

　優しく微笑み、私の頭に手を置いた。

「……大ちゃん、なんであそこにいたの？」

　質問に質問を返す。答えたくない時の、私の逃げる方法。

「駿が１階で授業しててさ。『菜摘が暴れてる』って電話きて。んで見に行ったら、本当に暴れてた」

「そうなんだ」

　また少しの沈黙。

　……大ちゃん、怒ってる？　ちょっと怖い。

「……なんであんなことしたんだよ。教師と喧嘩したら停学だろ」

　怒るわけでもなく、慰めるわけでもなく、大ちゃんは諭すように問いかけた。

「お前ずっと、なんかおかしかったよ。彼氏できた頃からずっと。なにがあった？」

　どうして──誰も気づかなかった私の変化に気づいてくれるんだろう。どうしていつも、私が気づいてほしい、誰にも言えないことに気づいてくれるんだろう。

「ちゃんと聞くから。言ってみ」

　──なんて言えばいい？

　亮介のこと好きじゃないのに、ずっと騙しながら付き合ってたの。本当はずっと、大ちゃんが好きだったの。

　でも大ちゃんは、振り向いてくれないじゃない。だから、

その寂しさを埋めるために亮介を利用してたの。

　だって、幸せな恋がしたかった。みんなみたいに、大好きな人と付き合って、幸せそうに笑っていたかった。

　でも、自分の汚さを認めたくない。

　しょうがないよって、菜摘は悪くないよって、まだそんなことを言ってほしいの。そんなことばかり考えてしまう自分が、嫌で嫌でしょうがないの。

　だからお願い。私を責めないで——。

　これが本音だ。そんなこと言えるわけない。言ったら最低だって軽蔑される。

　大ちゃんにだけは、絶対に嫌われたくない。

「……なんでもないよ。最近イライラしてて、先生と喧嘩してキレちゃっただけ」

「嘘つけって。俺に隠しごとすんな」

　じゃあ、正直に言うから、私の気持ちに応えてくれる？

　そんなことできないじゃない。

　隠し事するな、なんて大ちゃんには言われたくない。なにも言ってくれないくせに。いつもはぐらかしてばかりのくせに。

　聞いたらちゃんと答えてくれる？

　聞きたいこと、たくさんたくさんあるんだよ。

　ねぇ、大ちゃんは——私のこと、本当はどう思ってるの？

「……また泣く。泣き虫」

　繋いだ手を離し、大ちゃんは私をそっと抱きしめた。

　今は、優しくしないでほしい。抱きしめたりしないでほ

しい。こんな汚い自分を正当化してしまうから。

『好きになれなかったら、振ってくれていいから』

　最初の約束を破ったのは私。亮介は私を受け入れてそう言ってくれたのに、それさえも裏切った。

　亮介があんな態度だったのは私に冷めたからじゃない。不安で不安で、感情の行き場を失っていただけ。私と同じだっただけ。

　そんなこと少し考えればわかったはずなのに、考えようともしていなかった。自分の都合のいいようにばかり捉えて、亮介のことをちゃんと見ようとしていなかった。

　なんて最低なんだろう。わかっているのに、大ちゃんに最低だと言われるのが怖い。

「……泣くなって。大丈夫だから」

　私には泣く権利なんてないのに。でも。

　大ちゃんが抱きしめたりするから、余計に涙が溢れた。

　大好きだよ。好きすぎて、どうしたらいいのかわからない。

　誰か教えてよ。

　涙を止める術を。気持ちを消す術を。強くなる術を。

　お願いだから、教えてよ──。

　泣いている間、大ちゃんはずっと抱きしめてくれていた。

　子供みたいにしゃくりあげる私の頭を、ずっとなでてくれていた。

　少し落ち着いた時、何度か深呼吸を繰り返してからおそ

るおそる顔を上げると、すぐそこにいる大ちゃんは小さく微笑んでいて。

「落ち着いた？」と言いながら、人差し指で私の頬に伝う涙を拭った。

「……ちょっと落ち着いた」

「よかった。……てか、お前」

ふ、と小さく吹き出す。

「ひっでぇ顔。化粧崩れてる」

「う、うっさいな」

茶化すように笑って私の頬を軽くつねり、今度は声を出して笑いはじめる。そんな大ちゃんにつられて、私も笑った。

こんな風に自然に笑えたのはいつ以来だろう。

「てか寒くね？　俺めっちゃ震えてんだけど！」

大げさに寒さを全身で表現すると、また私を強く抱きしめた。

「あったけー……。菜摘ガキだから体温高いんだよ」

「ガキじゃないよっ」

温かい。人のぬくもりは、どうしてこんなに温かいんだろう。

大ちゃんだからかな。

私なんかより、大ちゃんのほうがずっと温かいよ。

「あのね、大ちゃん。……ありがとう」

「なにがー？」

「……なんでもない」

温めてくれてありがとう。なにも聞かないでくれて、抱きしめてくれて、救ってくれて、本当にありがとう。

「寒いし戻ろっか。お前、停学だよ？」

「うん。私のこと連れ出して授業サボったから、大ちゃんも怒られるよ」

また少し笑い合い、どちらからともなく手を繋ぐ。

そして、さっきより軽くなった足と心を学校へと運んだ。

学校へ戻ると、予想通りすぐに校長室へ呼び出され、無期停学という名の2週間の停学になった。喧嘩は罪が重いらしい。

大ちゃんのおかげで落ち着いていた私は、一切反抗することなく素直に停学を受け入れることができた。

教室に寄ってカバンを取り、みんなに「お騒がせしました」と一礼してから昇降口へと向かった。

「菜摘」

昇降口に着いた時に私を呼び止めたのは、意外にも駿くんだった。

「駿くん、どうしたの？　サボり？」

まだ3時間目だし、授業はとっくに始まっている。駿くんが授業をサボるなんて意外だ。

「ちげぇよ。今菜摘が喧嘩した先生の授業だから、自習」

私と駿くんの古文の担当は同じ先生で、その先生は今、職員室で事情聴取もどきを受けている。

「あー……なるほど。受験なのに迷惑かけて申し訳ないで

す」

　軽く頭を下げると、駿くんは短く笑った。

「だるい授業なくなって助かったわ。てか、ちょっと時間ある？」

「さっき迎え呼んだばっかりだから、15分くらいなら」

「そっか。ちょっと話さない？」

　駿くんに改めてこんなことを言われたのは初めてだ。

　意外な誘いに首をかしげると、駿くんは「少しだけ」と言って微笑んだ。

「うん、いいよ」

　場所を移動するほど時間はないから、昇降口から一番近い階段に並んで座った。

　なんだろう。駿くんが私に話したいことなんてまったく想像がつかない。

　ドキドキしながら構えていると、駿くんはひと呼吸おいてから切り出した。

「俺さあ、好きな子いるんだよね」

「えっ？　え……はっ!?」

　なんだって私に急にそんなことを言うのかまったくわからない。ありえないくらい声が裏返った私を、駿くんが容赦なく笑い飛ばす。

「そんな驚くことねぇだろ」

「いやいや、驚くよ！　えっと……どれくらい？」

「わっかんね。気づいたら好きだった。でも1年くらいかな」

　1年間も好きなんだ……。

　知り合ってからずっと、私が知る範囲では駿くんには彼女がいない。ということは、ずっとその子だけを見てきたのかな。

　純粋にすごいと思った。だって私は──。

「……告ったりしないの？」

　目を合わせて言うと、駿くんは少し困ったように笑った。

「しねぇよ。その子、他に好きな奴いるから」

「……でも、告っちゃえばいいじゃん。うまくいくかもしれないし……」

「それはないな。男として見られてないだろうし。それにその子も、そいつのことずっと好きなんだよ。だからたぶん、一生叶わない」

　切なく微笑んだ駿くんを見て、自分はなんて無神経なんだろうと思った。

　それはあきらめではなく、その子を１年間見てきた結果のはずなのに。それなのに、私は自分の意見を押しつけてしまった。

　でも──駿くんと自分が、少しだけ重なって見えたんだ。

「……そう、なんだ」

　うつむくと、駿くんはまた困ったように笑って続けた。

「あのさ。そこらにカップルなんて山ほどいるけど、本当に好き同士で付き合ってる奴らって、どれくらいいるのかな」

　そんなこと、考えたこともなかった。

　とても優しい目をして、駿くんは続けた。

「それぞれいろんな経験して、いろんな想いがあってさ。言い方悪いかもしんねぇけど。本当に……世界で一番好きな奴と付き合えてる奴なんて、そんなにいないんじゃないかな」

　駿くんはまっすぐに前を見る。

「俺もこれから先、彼女ができたとしても、その子を忘れたかって聞かれたら、絶対忘れられないと思う。でもきっと、それは当たり前のことなんだよな」

　ああ、そうか。

　駿くんの言いたいことが、なんとなくわかった。

「菜摘もそうだったんじゃない？」

　生徒指導室の前で話した時にバレたんだと思っていたけど、違ったんだ。

　駿くんは、もっとずっと前から知ってたんだね。私が大ちゃんを好きなこと。それなのに、亮介と付き合っていたこと。

「駿くんはいつから気づいてたの？」

「初めて植木んちで5人で遊んだ時かな」

　それ、1年も前じゃん。

　そんなに前からバレてたんだ。全然知らなかった。

「私ってそんなにわかりやすい？」

「俺と話してる時と山岸と話してる時、顔が全然違う。輝いてるな」

　やっぱりバレてる。いつだか亮介にも『顔が明るかった気がした』って言われたっけ。

　隠していたつもりなのに、私ってそんなにわかりやすいんだ。ちょっと恥ずかしい。

「山岸もだよ。たぶん」

「え？　大ちゃんもって……？」

「山岸って、他人に興味ないだろ？」

　ああ、知ってるんだ。

　そうだよね。大ちゃんとの付き合いは、私より駿くんのほうが断然長い。

　それに、大ちゃんに唯一親友と呼べる人がいるのなら、それは間違いなく駿くんだと思う。

「俺、菜摘と知り合う前から菜摘のこと知ってたよ。名前だけだけど」

　駿くんが私を知っていた？

　話がまとまっていない気がして、頭がついていかない。

「えっと……なんで？」

「山岸から聞いてたから」

　大ちゃんから聞いてた？　大ちゃんが、私のことを駿くんに話してたの？　いつから？

　そういえば駿くんは、初対面の時に迷わず私の名前を呼んだ。

「初めて会った時、私のこと知ってたのって……」

「山岸から聞いてたから。初めて見た時ピンときたんだよ。この子がナツミかなって」

　やっぱりそうだったんだ。

　思い返してみても、駿くんに名前を呼ばれる前、私は自

己紹介なんてしていなかった。

「山岸が他人の名前連発するなんて初めてだったよ。ナツミがナツミがって、楽しそうに話してくるんだ」

　視界がじわりと歪む。

　私は自意識過剰だから。そのあとに続く台詞がわかってしまう。私は、涙をこらえきれるだろうか。

「だから……山岸はその〝ナツミ〟が好きなんだと思ってた」

　嘘だ。そんなの嘘。だって大ちゃんは……。

「……大ちゃんは……今の彼女と付き合ったじゃん」

　大ちゃんは一度だって振り向いてくれなかった。

　どれだけ手を伸ばしても、届きそうだと思っても、その度に離れていった。決して交わることはなかった。

「あいつさ。真理恵に告られた時1回断ってるよ。気になる子がいる、って」

「え？」

「修学旅行中でさ。電話で告られてたんだけど、俺山岸と同じ部屋だったし、隣にいたから」

　頭が混乱する。

　そんな私をよそに、駿くんはやっぱりまっすぐに前を見ていた。

「真理恵が、それでもいいって言ったんだよ」

　だからって〝気になる子〟が私だとは限らないじゃない。

　頭の中で必死に否定しても、嬉しかった。大ちゃんは私のことを気にしてくれてたの？

　一瞬でも、両想いだった？

「あいつさ。いっつも余裕ぶってんのに、菜摘にだけは熱くなるよ」

　戸惑いを隠さない私を見て一瞬ためらったように見えたけれど、駿くんは続けた。

「体育祭ん時も、クリスマスん時も、さっきも。菜摘になんかあったら、あいつ飛んでくじゃん」

　駿くんから目が離せない。私は目にたまった涙をこらえることに必死だった。

「あいつが唯一必死になんのは、菜摘のことだけ」

　ポケットでスマホが震えてることに気づいていたけれど、続きが気になってしょうがない。体が動かない。

「なあ、そんだけ山岸のこと見てたらわかんねぇ？　本当はわかってんだろ？　あいつが唯一、人間らしくなんのは……菜摘といる時だけなんだよ」

　なにそれ。わかんないよ、そんなの。

　だって、大ちゃんは。

「……でも……大ちゃんは彼女いるじゃん。私振られたんだよ。ちゃんと告って、でも振られたのっ」

　涙をこらえるのもそろそろ限界だ。そのせいか口調が強くなってしまう。

「私、ずっとずっと頑張ってたんだよ。私なりに頑張ってたんだよ。でも大ちゃんは振り向いてくれなかった！」

　駿くんはなにも悪くないのに。必死に、私になにかを伝えようとしてくれているのに。

　わかっているのに、なぜか無性に悔しくて。それをぶつ

けるように目を合わせると、駿くんは眉を八の字にして小さく言った。

「あいつもさ、たぶん、いろいろあるんだよ。言ってくんないけど」

　いろいろってなに？　駿くん、なにが言いたいの？　私になにを伝えようとしてるの？

　ハッキリ言ってくれなきゃわからないよ。

「引き止めてごめんな。迎え来てるんだろ？　……じゃあ、気をつけて帰れよ」

　これ以上混乱させないでよ。

　それを聞いて、私にどうしろっていうの。

一時の別れ
<small>いっとき</small>

　停学中は反省文を5枚書かされて、2週間分の宿題を出された。こんなの2週間じゃ絶対終わらないだろ、と突っこみたくなるくらい大量に。

　かなりめんどうくさかったけれど、いつもの3人や、私の停学を隆志から聞いたらしい伊織も遊びに来てくれて、いつものようにバカ話をしたり伊織には宿題を手伝ってもらったりしてなんだかんだ賑やかだったから、暇にはならなかった。

　大ちゃんも、2、3日に1回くらいは連絡をくれた。

《なにしてんの？》

《元気？》

《宿題やってる？》

　そんな、ごく普通の内容。

　私も返信して、くだらないやりとりをする。

　大ちゃんから頻繁に連絡がきたのは初めてで、心配してくれていることが純粋に嬉しかった。

《俺が卒業しても、寂しいからって暴れんなよ》

《暴れないよ。心配なら、たまには学校遊びに来てね。寂しいから》

《素直じゃん。遊びに行くよ》

　約束だよ。ちゃんと会いに来てね。

　仕事が始まったら忙しいだろうけど、たまにでいいから

……私のこと、思い出してね。

停学が終わると、もう2月に入っていた。

大ちゃんたち3年生は自宅学習という名の春休みだから、卒業式まで学校には来ない。ちょっと、寂しい。停学になんてならなければ、もう少し会えたのにな。

3年生のいない校舎は静まり返っていて、その静けさが、これからの別れを意味しているようだった。

1年なんてあっという間。1ヶ月なんてもっとあっという間。

3月1日。ついに卒業式。

式自体は1時間程度で終わる。3年間過ごしたのに、たった1時間で終わってしまうんだ。

校長先生のやっぱり無駄に長い話を聞いたあと、うちの高校は人数が多いから、各クラスの代表者が卒業証書をまとめて受け取っていた。

理緒は彼氏が卒業だから私の隣で大泣き。最初はバカにして笑っていた私も、みんなが卒業すると思うとやっぱり寂しくて、結局、理緒とふたりで号泣。

卒業式が終わる頃には、もうふたりとも化粧が崩れてひどい顔だった。

化粧を直してから理緒たちと4人で昇降口へ向かうと、もう卒業生は外に出ていて、それぞれ別れを惜しむように抱き合ったりじゃれ合ったりしていた。

混雑していて、もう誰が誰だかわからない。

でも、私の得意技。大ちゃん捜し。

「いた……」

すぐに見つけた私は大ちゃんのもとへ走った。

「卒業おめでと！」

後ろから大ちゃんに体当たりをすると、大ちゃんはバランスを崩して驚きながら振り向いた。

植木くんや駿くんたちは手を叩いて笑う。

「お前かよ！　ありがと」

微笑む大ちゃんに、笑顔で応える。

学校でみんなと話すのも、これが最後なんだ。

改めて寂しさが込み上げた。

「お前なにその顔。寂しいの？」

何回聞くんだろう。ちゃんと寂しいって言ったのに。

「だって……もう一生会えないかもしれないし。大ちゃん、就職だもんね」

大ちゃんの会社は夜勤が多いらしかった。学校がある私とは真逆の生活だ。

「一生会えないかもかあ。……菜摘、ちょっと話そっか」

「え？　あ、うん」

植木くんと駿くんにもう一度「おめでとう」と伝えてから、大ちゃんと一緒に再び校内へ足を運ぶ。

一瞬目が合った駿くんは、微笑みながら、口パクで「頑張れ」と言ってくれた。

　屋上へ繋がる階段に並んで座った。

「このあと予定ないの？」

　念のため確認。どれくらい話せるんだろう。

「植木たちと卒業パーティーするけど、夜だからまだまだ時間あるよ」

「そっか」

　よかった。ゆっくり話せるんだ。

　そばにいてくれた人。支えてくれた人。救ってくれた人。

　そして、大好きな人。

　離れるのはやっぱり寂しいから、最後くらいたくさん話したい。

「なんかすげー変な感じじゃない？　今まで普通に会ってたのに」

「ほんとだね。……もしかして、大ちゃんも寂しいの？」

　からかうように言うと、大ちゃんは少し戸惑うように微笑んだ。

「んー……そりゃあね。なんか……寂しいとか思ったの初めてかも」

　寂しいのは私だけじゃなかったんだ。嬉しい。

　私もだよ。会えなくなるなんて実感が湧かない。寂しいよ……。

「てかさ、ずっと言いそびれてたんだけど。今全部言っちゃっていい？」

　今さらだけど、とつけ足した大ちゃんに、戸惑いながら「うん」と答える。

　なんだろう。改めて言われるとちょっと緊張する。

「前に俺、菜摘のことシカトした時あったじゃん」

　大ちゃんが気まずそうに頭をかいた。

　記憶をたどっていくと、思いあたる時期があった。私が高校に入る前のことだろうか。たぶん、それしかない。

「あの時さ。彼女に女の連絡先全部消されたんだよ。んで、毎日家まで来てスマホチェックされてて。次また女に会ったらそいつヤキ入れるとか言われて」

「……そうだったんだ」

「んで、落ち着いたら菜摘に連絡しなきゃなって思ってたんだけど、その直後にスマホが壊れたっていう。……ずっと謝りたかったんだ。本当にごめんね」

　大ちゃん、覚えてたんだ。

　高校に入って再会してから、お互いそのことには一切触れなかった。大ちゃんはきっと忘れてると思っていたから、私も口に出すことはなかった。

　もう1年も前のことなのに、ずっと気にしていてくれたんだ。

「謝らなくていいよ。今は普通にしてくれてるんだし」

　他人に無関心な大ちゃんが、私のことを気にしてくれていた。それだけでじゅうぶんだよ。

「ありがと。お前やっぱりいい奴だな！」

　そう言って、大ちゃんは私の頭をくしゃくしゃとなでた。

　無邪気で、可愛くて優しくて、私の大好きな笑顔。

　嬉しくて、でも、もしかしたらもう会えないかもしれな

いと思うと寂しくて、切なくて、苦しくて。

　私は大ちゃんが好き。

　大好きなんだ。大ちゃんしか見えない。

　それから私たちは、時間を忘れてたくさん話した。

　みんなで遊んだこと、大ちゃんの部活の話、今までの楽しかった思い出を振り返りながら、そんな他愛もない話をした。

　大ちゃんとは何時間話しても話が尽きない。どれだけ話しても話し足りない。

「やっぱお前といたら楽しいわ」

　途中、さりげなく言われたこのひと言が、本当に嬉しかった。

　いつの間にか、外はもうすっかり暗くなっていた。

「てかもう5時じゃん！　俺ら4時間もしゃべってたんだ」

「え？　あ、ほんとだ」

　そんなことにも気づかないほど楽しくて、話に夢中だった。

「ごめん、俺もう行かないと」

「そうだよね。私こそごめん。じゃあ帰ろっか」

　本当は、まだ離れたくない。

　でも、大ちゃんには高校生活最後の日を楽しんでほしい。

　ゆっくり立ち上がり、どちらからともなく向かい合った。

「じゃあ、またね」

　優しく微笑んで私の頭をなでる。

　出会った頃からずっと変わらない。

〝またね〟

　この言葉以上に嬉しいものはない。でも……。

「また会えるかわかんないよ」

　前は〝同じ高校に行けば会える〟という目標があったけれど、今度こそ本当に離れ離れだ。

　環境が大きく変わる。いつ会えるかまったくわからない。もしかしたら、本当にもう会えないかもしれない。

「たぶん会えるよ。そんな気がする」

　また会いたいよ。

「……うん。大ちゃんから言うなら会えるかな」

　ふたりで笑い合う。

　そして、大ちゃんが、私を強く抱きしめた。

「……彼女に怒られるよ」

　いつになったら、この強がりな性格から卒業できるんだろう。

　このまま離さないで。離れたくないよ。

「見られてねぇもん」

　ずっとずっと、抱きしめていてほしい。

「やっぱチャラ男じゃん」

「懐かしいな、それ」

　大ちゃんが小さく笑う。

　大ちゃんと初めて会った日のことも、再会した日のことも、初めてたくさん話した日のことも。

　全部覚えてる。全部全部、私の記憶に強く刻まれている。

「お前、本当ちっこいよな。ずっと思ってたんだけど、香
水つけてる？」

「うん」

「だよな。……この匂い、甘くて落ち着く」

　大ちゃんは、出会った頃から変わらない、ほんのり甘い
香り。私ね、この香りが大好きだよ。

　大ちゃんの腕が、ゆっくりと離れる。

　もう、さよならなんだね。

「じゃあ、またね」

　離れたくない。離れたくないよ。

「うん……またね」

　少しの沈黙のあと、大ちゃんはもう一度私の頭をなでる
と、そっと手を離して「帰ろっか」と微笑んだ。

　ねぇ、大ちゃん。

　また会えるよね……？

第5章
ひとときの幸せ

いつか初めて君と手を繋いだ時から
最後に手を繋いだ時まで
いろんなことがあったね
きっと私も君も　いろんな想いを抱えて
それでも必死に歩いていた

手を繋いで　離して　また繋いで　離して
何度も何度も繰り返したね
たとえ離れてもいい　また君と会えるなら
また手を繋げるのなら　それだけでよかった

きっと私も君も　いろんなことが変わっていった
でもね　ひとつだけ変わらなかったことがあるよ

君のことが　大好きだということ

最高の幸せ

　大ちゃんが卒業してから3ヶ月がたった。

　私、理緒、由貴、麻衣子は、かろうじて2年生に進級できた。春休み中は追試と補習の嵐だったけれど。

　隆志は余裕の進級。亮介は単位不足で留年し、自主退学したと聞いた。

　大ちゃんとはたまに連絡を取っている。毎日仕事に追われながらも頑張っているみたいだった。

　彼女と続いてはいるものの、お互い仕事で時間帯が合わないからあまり会っていないと言っていた。入社したばかりだし、次期社長なわけだから、きっと私の想像を絶する大変さなんだと思う。

　雪国の遅い桜が咲く頃には裏サイトもやっと流行を終え、本当に平穏な日々が続いていた。

　そしてもうすぐ私の誕生日。

　17歳って昔はすごく大人な響きだったのに、私はなにも変わっていない気がする。

　誕生日当日はカラオケに集合していた。誰かの誕生日はいつものメンバーで歌って踊ってどんちゃん騒ぎして、夜が更けてきた頃に解散する。毎年恒例のその過ごし方に満足していたし、今年もそうなると思っていた。

　今回の会場であるカラオケから家までは徒歩20分程度

で、私だけみんなと方向が違う。カラオケの前でみんなと別れて家路を歩いた。

　なるべく明るい道を通り、あともう少しで家に着くという時だった。

「こんな夜中にひとり？」

　声をかけてきたのは、20代前半くらいの若い人。見たこともない、知らない男だった。

「家まで送ってあげる！」

　お酒の匂いを漂わせながら、煙草の煙を荒く吐いた。

　こんな時間じゃ他に誰もいないし、住宅街ではあるものの、どこの家ももう電気は消えている。

　危ない。怖い。逃げなきゃ。とっさにそう思った。

「家すぐそこだから、いいです」

　なるべく目を合わさないよううつむいて、足早に歩き出そうとすると、

「いいじゃん。遊ぼうよ」

　と腕をつかまれて引き寄せられた。

　気持ち悪い……。

「離して！」

　男の腕を振りほどくと、頬に鈍い痛みが走った。再び腕をつかまれて、今度は壁に押しつけられた。

「気、強くね？　男ナメないほうがいいよ」

　怖い。どうしよう。逃げなきゃ。逃げなきゃ。

「……てぇっ！」

　私は無我夢中で男の膝を思いきり蹴り上げた。そして、

男が怯んでいる隙に腕を振りほどき、全速力で駆け出した。

　混乱する頭で必死に考える。

　家に避難するのが一番安全だ。でも、家よりコンビニのほうが近い。

　そう思い、私はコンビニへと走った。

　コンビニへ駆け込んで雑誌コーナーの前にしゃがむと、自分を落ち着かせるため何度か深呼吸を繰り返した。

　早く帰りたい。でも、まだあいつがいたらどうしよう。いつまでいるんだろう。どうやって帰ればいいんだろう。また会ったらどうしよう。

　その時、私の脳裏をよぎった人。

　どれだけ離れていても、なにかあった時に一番に浮かぶのは、ずっとずっとひとりだけだった。

　会いたくて、安心させてほしくて。

　欲求のままに名前を表示し、少し震える指で発信した。

　呼び出し音が数回鳴っても、なかなか出る気配がない。仕事中かな……。

　ほんの数秒だったかもしれない。でも、私にはとても長く感じられた。

　もうあきらめて切ろうとした時──。

『もしもし？　菜摘？』

　少しの雑音とともに聞こえたのは、とても優しく、少し懐かしい声。

「……大ちゃん」

『菜摘？　どうした？』

　３ヶ月ぶりに聞く声は、相変わらず優しくて、やっぱり安心した。それと同時に、涙が一気に溢れた。

「……大ちゃん、怖い。助けて……」

『はっ？　意味わかんねぇよ！　今どこ!?』

「家の近くの……えっと……コンビニ……」

『待ってろ！』

　一方的に電話を切られて、通話終了を知らせる音がやけに耳に響く。いつもは寂しくなってしまうその音さえも、今は優しく感じた。

　待ってろって、まだコンビニとしか言ってないのに。

　私の家から近いコンビニなんてたくさんある。そもそも場所わかるのかな。大ちゃんに家まで送ってもらったのは２回だけ。１回目は２年も前だし、２回目だってもう半年も前だ。

　２回しか行ったことのない場所なんて覚えるだろうか。私ならきっと忘れちゃってる。

　でも——きっと、大ちゃんは来てくれる。

　会いたい。会いたいよ。

「大ちゃん……」

　いつかのように、少しだけ熱を持ったスマホを強く握りしめながら、大ちゃんが来てくれるのを待っていた。

　しばらくすると、私の前に１台の黒い乗用車が止まった。運転席の窓が開く。

「菜摘」

　開いた窓から顔を覗かせたその人は、私の名前を呼んで優しく微笑んだ。

　懐かしい声。愛おしい人。

「大ちゃん……」

　３ヶ月ぶりの再会だった。少し伸びた大ちゃんの髪が風になびく。

「とりあえず乗れよ」

「……うん」

　ドアを開けて助手席に座ると、車内は大ちゃんの香りがした。

　出会った頃からずっと変わらない、ふわりと包み込んでくれるようなほんのり甘い香り。すごく安心する。

　私がシートベルトを締めると、車はゆっくりと走り出した。

「久しぶり。元気してた？」

　大ちゃんは私に気を遣ってか、普通に接してくれた。

「元気だよ。大ちゃん、車買ったんだね」

「会社までちょっと距離あるしね」

　会社、か。ちょっとかっこよく感じる。もう社会人だもんね。

「そうだ！　仕事は？」

　来てくれたことに安心して、すっかり忘れていた。

　まさか仕事中だったんじゃ……。

　焦る私をよそに、大ちゃんはのん気に笑う。

「ちょうど終わって、会社戻った時に電話きたんだよ。ナイスタイミング」

　仕事のあとで疲れてるのに呼び出しちゃったんだ。悪いことしたな……。

「ごめんね」

「なんで謝んの？　俺ちょうど菜摘に会いたいなーって思ってたんだよ」

　大ちゃんはにっこり微笑むと、私の頭をそっとなでた。

　久しぶりの感覚。本当に会えたんだ。本当に大ちゃんなんだ……。

　改めて実感すると、自然と笑みがこぼれた。

「なに笑ってんだよ。俺に会えて嬉しいの？」

「ん？　わかんないけど、そうかもしんない」

「どっちだよ」

　スムーズに運転しながら、大ちゃんは小さく笑った。

「俺も嬉しいよ」

　ドキドキするからやめてほしい。

「……ありがと」

「どういたしまして」

　軽くドライブをすることになり、飲み物やお菓子をコンビニで買い足してから再び車を走らせた。

　走り出してしばらくたった頃、大ちゃんが切り出した。

「菜摘、どうした？　お前また『助けて』って言ったろ」

　大ちゃん、クリスマスのこと覚えてるんだね。

「黙りこくるのはもうなしな。俺、言いたくないなら言わ

なくていいとか言うほど優しくないから」

　やっぱり大ちゃんは、私のことをよくわかっている。

　でもね、大ちゃんは優しいよ。「どうした？」って必ず聞くけど、少し強引に言わせようとするけど、最後はいつだって、なにも聞かずに頭をなでてくれる。抱きしめてくれる。

　私は、何度も何度も大ちゃんに救われたんだよ。

「……ごめん。あのね」

　言うのは少し怖い。

　別に襲われたわけじゃないのに。震える身体を押さえながら、さっきの出来事を話した。

　大ちゃんは無言で運転する。途中、私の手を、強く握りしめながら。

　たどたどしく話し終えると少しの沈黙。

　その沈黙が苦しくて、大ちゃんを見ることができない。

「なんで夜中に女がひとりで歩くんだよ、バカ」

　沈黙ののちに聞こえたのは、いつもより低い声。

　……怒ってる？

「えと……家まで近いし、大丈夫かなって……」

　大ちゃんのそんな声を聞いたのは初めてだから、少し動揺する。赤信号で止まると、大ちゃんは私をまっすぐ見つめた。

「そういう問題じゃないだろ。菜摘は女なんだよ。気をつけろよ」

　……心配、してくれてるのかな。心配だから、怒ってくれてるの?

『俺は男。菜摘は女』

　いつかの台詞を思い出す。

　そうだ。大ちゃんはいつだって私を女の子扱いしてくれて、心配してくれていた。

　大ちゃんは私を強く抱きしめた。

　久しぶりのぬくもりは、やっぱり私を落ち着かせてくれた。

「ごめんなさい……」

　謝ると同時に、信号の色が変わる。そっと離れて、大ちゃんは優しく微笑んだ。

　細道に入ると一気に街灯が減り、車の中が暗くなった。ふたりを照らすのはナビのかすかな明かりだけ。

「大ちゃん、なんでわかったの?」

「なにが?」

「私の居場所。コンビニとしか言ってなかったのに。家の場所覚えてた?」

「いや、うろ覚え。あそこらへん、ごちゃごちゃだから迷うし」

「じゃあなんでわかったの?」

　大ちゃんが「なんでだろ」と笑う。そして左手を伸ばし、私の髪にそっと触れた。

「夢中で走ってたら、菜摘がいたんだよ。そんだけ」

　涙が──溢れるかと思った。

「……嘘つき」

「マジだよ。愛じゃん」

「バカじゃないの」

「ひでぇな、本当なのに。信じろよ」

　信じられるわけない。そんなの嬉しすぎて、信じたら涙を我慢できなくなる。

「……うん。ありがと」

　でも嬉しい。信じたくなる。

　いつだって大ちゃんは、少ないキーワードで私を見つけ出してくれた。だから私は、大ちゃんは来てくれるって、いつだって信じていた。

　着いたのは、地元から車で1時間くらいの場所にある夜景スポット。

　山の頂上までの狭い林道は不気味だったけれど、その不気味さが引き立て役になっているのか、夜景はとても綺麗だ。

「こんなとこに夜景スポットあったんだ！」

　夜景なんて見るのは久しぶりで、私は外に出てはしゃいでいた。先客がいないのをいいことに、飛び跳ねて駆けまわる。

「やっぱお前ガキだわ！」

　大ちゃんがケラケラと笑う。

「ガキじゃないってばっ」

　私も楽しくなっちゃって、冗談交じりに言い返した。

「ガキだよ。マジうける」

　大ちゃんは笑いながら私の手を取り、もう少し高い所へと歩いて坂道を登っていく。手を繋いだのが何度目かはもうわからないけれど、やっぱりドキドキした。

　頂上に着くと、下とは比べものにならないくらいの絶景。数分歩いただけでこんなにも違うのかと、本当に驚いた。

「すごいすごい！　めっちゃ綺麗!!」

「うるせぇよ。さっきまで泣いてたくせに」

「泣いてないもん」

　軽く体当たりをすると、おでこを小突かれた。こんな瞬間がとても幸せ。

　いつまでもはしゃぐ私。目が合うと、大ちゃんは優しく微笑んでくれた。その笑顔に鼓動が速まる。

　すると大ちゃんは、突然黙りこんだ。今日の大ちゃんはちょっと忙しい。あと、ちょっと様子がおかしい気もする。

「大ちゃん、どうしたの？」

　話しかけても無反応。腕を組みながらうつむくだけ。

「大ちゃん、帰りたいの？　帰る？」

　帰りたい？　つまらない？　私なにかした？

　不安をそのまま表に出し、少し早口になってしまう。

「いや、そうじゃないよ。あのさ……」

「うん。なに？」

　もう一度聞くと、大ちゃんは顔を上げて微笑みながら、私の髪に触れた。

　そして次に聞いたのは、私の不安とはまったく正反対の言葉だった。
「俺、菜摘好きだわ」
　——え？
　今なんて言った……？
「お前、なんつー顔してんの？」
　私の頬を軽くつねりながら、大ちゃんは意地悪に笑った。
　……ああ。友達としてってことか。混乱していた頭が一気に冴える。
「ありがと。友達としてってことだよね？」
　どうしてわざわざこんなこと言うんだろう。そんなの今さらだ。嫌われてるなんて思ってない。
　大ちゃんに微笑み返して、夜景に目を向ける。
「ちげぇよ。ライクじゃなくて、ラブだよ、ラブ」
　腕を強く引かれて、向かい合う体勢になった。微笑む大ちゃんの綺麗な瞳に、再び混乱する。
　え……どういうこと？
　頭がついていかなくて、体が小刻みに震える。
「好きは好きでも、なんていうか……〝愛してる〟のほう？女として好き」
「え……？」
　愛してる？
　今、確かにそう言ったよね？
　私、夢でも見てるのかな。
　聞き間違いじゃないよね……？

「え……嘘だあ。なに言ってんの？　……大ちゃん、彼女
いるじゃん」

　そうだよ。大ちゃん、彼女いるじゃん。

『気になる子がいるって』

『山岸は菜摘が好きなんだと思ってた』

　そんなの嘘。

　それはあくまで駿くんの想像だ。

　だって大ちゃんは、この２年間、一度だって振り向いて
くれたことはなかった。

　でも、嘘でも嬉しかった。ずっと言われたかった言葉。

〝愛してる〟

　ずっとずっと、大ちゃんから、聞きたかった言葉。

「嘘じゃないって。今日だって俺、菜摘から電話きてすっ
飛んできたじゃん」

「そうだけど……」

　私が泣けば、大ちゃんはいつだって飛んで来てくれた。
包みこんで、笑って、不安や苦しみを吹き飛ばしてくれた。

『あいつが唯一必死になんのは、菜摘のことだけ』

『あいつが唯一人間らしくなんのは、お前といる時だけな
んだよ』

　駿くんの言葉がよぎる。でも彼女いるじゃん……。

「彼女は……言い訳がましいかもしんないけど、ずっと前
から別れようと思ってるから。菜摘が好きだよ」

　本当に？　嘘じゃないんだよね？

　大ちゃんは、あまり自分のことを話してくれないけれど、

こんな嘘はつけない人だと思う。そう思いたい。

　端から見れば、2年前と変わらない、なんの根拠もない、単なる私の願望でしかないかもしれない。

　でも、自惚れだと思われてもいい。私はずっと大ちゃんを見てきたから知ってる。

　目頭が熱くなり、それを隠すように足元を見た。

「菜摘」

　大ちゃんが私の頬に手を添えて、ほんの一瞬、唇が重なった。

　抵抗はできなかった。ううん……しなかった。

　私、夢でも見てるのかな。

　ずっと夢見ていたけれど、こんな日がくるなんて思わなかった。幸せすぎて、もうなにも考えられない。

「お前、なんで泣いてんだよ。泣き虫」

　添えていた手でまた私の頬をつねると、大ちゃんは無邪気に笑った。

「だって、嬉しいもん。……どんだけ好きだと思ってんの」

　泣かないわけがない。今まで生きてきた中で、この瞬間が一番幸せだと思った。

　ずっとその言葉を聞きたかったんだよ……。

「知らねぇよそんなの。菜摘、俺のこと好きなの？」

　そんなの今さら聞かないでよ。本当はわかってるくせに。

　好きで好きで、大好きでたまらない。じゃなきゃこんなに泣いたりしない。

「……ずっとずっと、好きだったよ」

　拭いても拭いても溢れてくる涙。嬉しくて流れる涙は、どうしてこんなに温かいんだろう。

「死ぬほど好き」

　何度か聞いたことのある台詞。まさにこのことだと思った。この人のためなら死ねると、本気で思った。

　ずっとずっと、こうなることを夢見ていた。他の人に逃げた時もあった。何度もあきらめようとした。

　でもそんなの無理だったんだ。

　こんなに、こんなに大好きなんだから。

「俺……彼女とは別れるから。待っててくれる？」

　声にならない声で、何度も何度も必死にうなずいた。私はいつからこんなに泣き虫になったんだろう。

　ああ、そうだ。大ちゃんのことを好きになってからだ。

「誕生日おめでと。好きだよ」

　たったひと言。私の涙を誘うにはじゅうぶんすぎる言葉。

　誕生日、覚えてくれてたんだ。これ以上の誕生日プレゼントなんて、この先絶対にもらえないと思った。

「泣くなってば」

　大ちゃんの手が私の頬を優しく包み、もう一度キスをした。

　彼女と別れたら付き合う。

　言い訳するつもりなんてない。最低な約束だってわかってる。

　でも、幸せだった。これ以上の幸せなんて、どこを探し

ても絶対にない。

　私は世界で一番幸せだと、本気でそう思った。

一線

　会う約束をしたのは1週間後。大ちゃんは本当に夜勤が多くて、約束したのはまた深夜だった。

　この1週間、大ちゃんとは毎日連絡を取っていた。今までとは違って、口実なんか作らなくても連絡を取り合えることが嬉しかった。

　ただひとつだけ気になっていることがある。

　大ちゃんは、まだ彼女と別れていない。

　もちろん早く別れてほしい。でも大ちゃんが自分で別れを切り出さなきゃ意味がない。だから、私からはなにも言わなかった。

　2年も付き合っているから、簡単には別れられないのかもしれない。昨日今日ですぐに彼女になれるなんて思っていない。それくらいの覚悟はしてる。

　だから急かすことはしなかった。『別れた』と言われるのを、ただ待っていた。

　『着いた』と連絡がきてすぐ外に出ると、少し離れたところに1週間前に見た車が1台停まっていた。胸が高鳴るのを感じた。

　本当は大ちゃんが彼女と別れるまで会わないつもりだった。会っちゃダメだと言い聞かせていた。でも、会いたい気持ちのほうが断然勝っていた。

　私の意志はとことん弱い。

　小走りで近づき、助手席に乗り込む。

「大ちゃん、久しぶり」

「なんかお前犬みてぇ」

　久しぶりに会ったのに、いきなり犬扱い？

　大ちゃんは「可愛い」と言いながらひたすら笑う。間違いなくバカにされているというのに、大ちゃんに「可愛い」と言われたのがちょっと嬉しかったり。

「菜摘、どこ行きたい？」

「んー、カラオケ？」

「こんな時間から？」

　もう深夜の2時半。一番近くのカラオケは3時か4時に閉店してしまう。今から行ってもなあ。

　思い返せば、出会ってから約2年間、私たちが遊んだのなんてカラオケくらいだった。他に思い浮かばないのは当然かもしれない。

「大ちゃんは行きたいとこある？」

　単に思い浮かばなかっただけ。

　次に言われる言葉を予想できるわけもなく、何気なく聞いただけだった。

「あー……嫌ならいいからね」

「え？　どこ？」

「ホテル、行く？」

　驚きのあまり声が出ない。

　鼓動がどんどん速まっていく。全身がじわじわと熱を帯

びていく。冗談言わないでよって笑って流せないのは、冗談じゃないとわかっているから。

　一番に浮かんだ言葉を言わなきゃいけない。「まだ彼女と別れてないでしょ」て、私は言わなきゃいけない。それなのに、このひと言が喉につっかえて出てこない。

　言えないんじゃない。言いたくない。断ることなんかできないし、断りたくもない。

「嫌ならいいよ。ほんとに」

　嫌じゃない。嫌なわけがない。

　気持ちを伝え合った日から、いつかこうなるだろうと思っていたから。大ちゃんとそうなることを、自ら望んでいたから。

「……ううん。行く」

　私の返事を聞いた大ちゃんは、返事をすることなく車を走らせた。

　ホテルに着くまで、私たちはひと言も交わさなかった。

　大ちゃんといるのに静まり返っているなんて、そんなの初めてで。その沈黙がこれからのことを暗示しているようだった。

　まだ付き合っていないし、大ちゃんには彼女がいる。

　でも、身体でもいい。なんでもいいから、大ちゃんと繋がっていたい。そうでもしなきゃ──。

　本当に別れるのかな、このまま終わるんじゃないかって、日に日に募る不安をごまかすことができない。

　不安になるのなんか当たり前だった。

　知り合ってから2年間、大ちゃんにはずっと彼女がいて、ずっと片想いで、こうなることなんてもうほとんどあきらめていたんだから。

　時間がたてばたつほど、好きだと言ってくれたことが夢なんじゃないかって思ってしまうんだから。

　ホテルに着いても無言のまま部屋に入った。

　前を歩いている大ちゃんは、一度だけ振り向いて私がついてきているか確認すると、ふたり用の小さなオレンジ色のソファに腰かけてテレビをつけた。

　少し戸惑いながら私も隣に座る。その時テレビに映ったのは、裸で絡み合う男女の姿。

「……ちょ、ヤバイ。これはダメだな」

　あわててテレビを消す大ちゃんがおかしくて、一気に緊張がほぐれた。

　ちょっと可愛い。ベタな展開だなあ、なんて思った。

「大ちゃん、ここどこだかわかってる?」

　ツッコミを入れると、大ちゃんは少しだけ顔を赤くした。なんかさっきと立場が逆。

「……うわーやべぇ。緊張してきた」

「はっ?　自分がこんなとこ誘ったんじゃん!」

「そうだけど……お前と、とか緊張すんだよ!」

　だから、誘ったのは大ちゃんじゃん。

　少し呆れつつも、大ちゃんが取り乱す姿を見たのは初めてだから、ちょっと面白くて、ちょっと嬉しい。

　こんな大ちゃんを見たのは初めてだ。

　大ちゃんのどんな姿を見ても、それがどんなに小さなことでも、やっぱり好きだなあと思う。

「……大ちゃん、好きだよ」

　初めて私から抱きついた。この2年間で、初めて。

「ほんと？　俺も菜摘好き」

　そして初めて、私からキスをした。今はただ、誰よりも大ちゃんの近くにいたい。

　大ちゃんは優しく微笑み、私の髪に触れた。

　頭をなでられるのは好き。髪に触れられると愛おしくて、どうしようもなくなる。

「可愛い。好きだよ」

　可愛いって、また言ってくれた。嬉しくて、もう一度キスを交わす。

　私も大ちゃんが好きだよ。大好き。愛おしくてたまらない。

「……大好き」

　震える声でつぶやいた。

　好き。好き。大好き。

　それ以上なにか言えば、涙が溢れてしまいそうで。胸に顔を埋めたまま、必死にしがみついていた。

　離れたくない。離したくない。

　お願いだから、離さないで……。

「おいで」

　手を繋ぎ、ソファから離れてベッドに座った。

　数秒間見つめ合うと、どう考えてもいい雰囲気なのに、大ちゃんは私の頬を軽くつねった。

「なんかお前相手だと雰囲気出ねぇな」

「え？　ひどいっ」

　緊張するって言ってたくせに。

　好きな人にこんなこと言われるって、けっこう落ち込む。さっきまでの雰囲気、台無しじゃん。

「バカ」

「冗談だよ。……あのさ」

　大ちゃんが急に真剣な顔をしたから、ついにくるかと身構えてしまう。

「チューしていい？」

　真剣な顔をしたと思ったら、またいたずらに微笑んだ。

　そんなの今さらな質問。断るわけがないのに。

「うん」

　軽く唇を合わせた。この短い瞬間が最高に幸せ。

「お前やっぱ可愛い。……エッチする？」

　……もうちょっと空気読んでくれないかな。

　こんなところまで来ておいて、普通そんなこと聞かないよ。

「いちいち聞かないでよバカ」

「いや、だってさ。……本当にいいの？」

　ためらうように、私の頬にそっと手をあてた。

　何度――何度触れられても、慣れるなんて言葉はない。大ちゃんといる時は、私の心臓は静まることを知らない。

２年前から、それはずっと変わらない。

大ちゃんの不安そうな表情を見たのも初めてで、とても愛おしく思った。

「うん」

初めて思った。抱いてほしいって。

大ちゃんといるだけで心が満たされる。自然体でいられるような、完全体でいられるような、そんな感覚。

私の居場所は大ちゃんの隣。そう思った。

大ちゃんが安堵したように小さく微笑んだのを合図に、ゆっくりと目を閉じた。

虚しい行為かもしれない。これは浮気でしかないんだから。いけないことだって、ちゃんとわかってる。

でも、大ちゃんの温かい手。名前を呼ぶ優しい声。切ない表情。

すべてが愛しくて、恋人になれたような錯覚を覚えた。

大ちゃんの腕の中には幸せしかなかった。

彼女への罪悪感や罪の意識なんて、これっぽっちもなかった。

これが罪というのなら、たとえ天罰が下ったってかまわない。

大ちゃんといられるなら、なんだって耐えられるから——そばにいさせてください。

大ちゃんの腕に包まれながら、私は幸せに浸っていた。

　夢が覚めてしまうその時まで、たくさん話をした。

「こないだ調べたんだけどね。私の誕生花、ラベンダーな
んだって」

　大ちゃんと話すのは、いつもこんななんでもない話ばか
り。

　それでも大ちゃんは、いつもちゃんと答えてくれる。

「そうなの？　じゃあ夏になったらラベンダー畑でも連れ
てってやるよ」

「本当？」

「うん。ちょっと遠いけど大丈夫？」

「うん！　行きたい！」

　未来を示す言葉をくれたことが嬉しくて、大ちゃんに抱
きついた。

　背中まである長い髪をなでながら、大ちゃんは優しく微
笑んだ。

「いつ頃が一番綺麗なの？」

「7月とかだろ」

　1ヶ月後……。

「そっかあ。楽しみにしてるね」

　その頃まで、一緒にいられる？

　その頃には、彼女になってる？

　こんな小さな約束が、本当に嬉しいんだよ。

　この恋に未来があるって、信じてもいい？

「菜摘、またね」

　いつものように頭をなでられる。
「うん。またね」
　ひとつだけいつもと違うのは、なでたあとにキスをくれ
たこと。
「誰かに見られちゃうよ？」
「いいよ別に。また連絡するから」
　いつも「連絡ちょうだい」と言う大ちゃんが、「連絡する」
と言ってくれた。そんなほんの小さな変化さえも嬉しい。
「わかったよ。待ってる」
　ずっと、ずっと、待ってるから。
「またね」
　幸せすぎて、現実を見ることができなかった。多少の不
安はあったけれど、大ちゃんの言葉を信じていた。
　信じたかった。

賭け

　7月の始まり。

　大ちゃんから「彼女と別れた」と言われることがないまま、中途半端な関係は続いていた。

《大ちゃん、次いつ会える？》

　そんな連絡をしたのは、理緒からある話を聞いたから。

　植木くんや駿くんや、高校時代の友達数人で開催された同窓会に、大ちゃんの彼女も来ていたと言っていた。

　別れるつもりなら、わざわざ連れていかないと思う。友達との飲み会に彼女を連れていくってことは、そういうことだと思う。

　大ちゃん、『待っててくれる？』って言ったのに。だから私、待ってたのに。

《ごめん、まだわかんない。最近、仕事忙しくて》

　すぐに返ってきた内容に、現実を突きつけられてしまう。

　直感で避けられてると思った。

　もしかして、私はもう用無しなの？　好きだと言ってくれたのは嘘だったの？

　そんなこと、大ちゃんに対して思いたくないのに。

《彼女と別れないの？》

　初めての詮索。

　大ちゃんから『彼女と別れた』と言われるのを待っていた。大ちゃんから言われるまで、自分からはなにも言わな

いつもりだった。

　それなのに聞いてしまったのは、なんとなく答えがわかっているから。

《いろいろあってなかなか別れられないんだ》

　いろいろってなに？　またなにも教えてくれないの？

　そんなの今までとなにも変わらない。

　今度こそ近づけたと思ったのに、またそうやって突き放すの？

《ちゃんと会って話したい。時間つくれない？》

　震える指先で送信する。

　すぐにきた返事に期待している自分がいた。私はいつまでバカなんだろう。

《俺も話したいことあるよ》

　ああ、また。嫌な予感がする。

　私の嫌な予感はよく当たる。きっと私が一番聞きたくない話だろうな……。

《いつ会える？》

《電話で話せない？　たぶんもう会えないと思うから》

　……は？　もう会えない？　どうして？

　意味わかんないよ。

《なんで会えないの？》

《ごめん。最近本当忙しいから、時間ないんだ》

　嘘つき。会えないのは忙しいからじゃないじゃん。

　どんなに忙しくても会いに来てくれたじゃん。

　シビレを切らして電話をかけても、結局その日、大ちゃ

んが電話に出ることも、大ちゃんから連絡がくることもな
かった。

　……ああ、そうか。大ちゃんは彼女と別れない。

　今までだってそうだったのに、どうしてこんな簡単なこ
とに気づかなかったんだろう。

　駿くんが言っていた通り、本当にずっと前から私のこと
を好きになってくれていたのなら、とっくに彼女と別れて
いたはずだ。

　他に好きな子がいるのに、私の気持ちなんてだだ洩れ
だったはずなのに、別れない理由があるんだろうか。

　たったそれだけのことだったのに、幸せに浸りすぎてい
た。

　もう終わりなのかな。

　こんなので納得できるほど、簡単な気持ちじゃないのに。
まだはじまってすらいないのに。

　好きじゃないなら、あれは嘘だったなら、ハッキリとそ
う言ってほしい。そしたらあきらめがつくかもしれないの
に。

　……なんて、そんなのはやっぱり強がりでしかなくて。

『彼女とは別れるから』

『もう少しだけ待ってて』

『菜摘が好きだよ』

　どれかひとつでも、もう一度言ってくれたなら、私はずっ
と待ち続けていられるのに。こんな不安も、一瞬で吹き飛

ぶのに。

　大ちゃんから連絡がこないまま、私から連絡することも
できないまま1週間が過ぎた。

　もちろん平気なわけがなく、毎日スマホが鳴る度に期待
して、表示されない名前にひどく落ち込んでいた。

　理緒の家に4人で集まっていた時、夜10時頃に私のスマ
ホが鳴った。

「菜摘、どうしたの？　スマホ鳴ってるよ？」

　麻衣子が私の顔をのぞきこむ。

「うん……」

　目の前に置いてある画面に表示されているのは、〝大ちゃ
ん〟の文字。

　この1週間、ずっと待ち続けていた大ちゃんからの連絡
なのに、私はすぐにメッセージを見ることができなかった。

　もしかしたら本当に終わりを告げる内容なんじゃない
か。

　だとしたら見たくない。でも、そうじゃないかもしれな
い。

　ドクンドクンと激しく鳴る胸を左手でおさえながら、お
そるおそるメッセージを開いた。

《彼女と別れた》

　……え？

　なに、これ。

　彼女と別れた？

　嘘でしょ？　大ちゃんが、彼女と別れた……？

　なによりも願っていたはずなのに、頭が混乱してついていけない。

《今から会える？》

　そう送ったのは、ほとんど衝動だった。〝会いたい〟という、抑えきれない衝動。

《いいよ。迎えにいく》

　スマホだけを持って、理緒たちに断り家を出た。

　ひとりで近くのコンビニで迎えを待つ。

　数分後、大ちゃんはすぐに来た。

「菜摘」

　いつものように名前を呼ぶ声に、気持ちが落ち着いていくのがわかった。助手席に座ると、久しぶりの甘い香りに胸が高鳴るのを感じた。

　怒っていたはずなのに、結局、大ちゃんと会えたことが嬉しかった。

「……久しぶりだね」

　最後に会ってからまだ1ヶ月もたっていないのに、懐かしさささえ感じる。

　大ちゃんに会えない日々は、もう会えないんじゃないかと思いながら過ごす毎日は、1分1秒が信じられないほど長かった。

「うん、久しぶり。元気してた？」

　元気じゃないよ。苦しくて、寂しかった。会いたくてた

まらなかった。
「元気だよ。今日はどこ行く？」

　胸に手をあてながら、できるだけ平静を装う。

　大ちゃんは元気だった？　私に会いたいと、少しでも思ってくれた？　私のことを、少しでも考えてくれた？
「俺あそこ行きたい。夜景スポット」

　私も行きたかったから、行き先はすぐに決まった。

　コンビニで飲み物を買ってから夜景スポットへ向かう。

　本音なんて、ひとつも言えないまま。

　着いた時には少し雨が降っていたから、車からはおりなかった。
「雨降っちゃったね。さっきから曇ってたもんね」
「うん。夜景見えないじゃん」

　話しながら雨が止むのを待っていても止むどころかどんどん強くなっていく。数十分が過ぎた頃には本格的に大振りになっていた。
「雨止まないね」
「そうだね」
「……てかさ、聞いていい？」

　なかなか切り出せずにいたこと。

　会いに来たのは会いたかったからだけじゃない。ちゃんと聞かなきゃいけない。
「お前、ほんとよくしゃべるな。なに？」

　さっきからしゃべりっぱなしの私に大ちゃんが笑う。そ

んな大ちゃんの顔を見ることができずに、ゆっくりと口を
開いた。

「……なんで別れたの？」

　聞くのが怖かった。

　もし別れた理由が、私と付き合うためだったら？

　でも——もしも違ったら？

　私はきっと、またどん底に落ちてしまう。

　怖い。

「聞きたい？」

　大ちゃんは不敵な笑みを浮かべて私を見る。

　大きな目で上目遣いなんてするから、ドキドキした。

「聞き……たい」

　大ちゃんは表情を変えずに、窓を閉めながら口を開いた。

「……喧嘩したから。腹立ったから別れた」

　は？　喧嘩？　それだけ？

「……喧嘩、ですか？」

　予想もしていなかった返事に、驚くことしかできない。

　たかが喧嘩で別れたの？　そんなことで別れられるな
ら、どうしてもっと早く別れてくれなかったの？

　私のことは、関係ないの？

「……うん、喧嘩」

　少し気まずそうに言って、大ちゃんは私のほうを向いた。

　腹立ったからって言ったのに、その表情はどこか辛そう
で、それがとてもショックだった。

　どうしてそんな顔してるの？　そんなに彼女のこと好き

なの？　それなら、どうして私に『別れた』なんて連絡してきたの。

　いつだって大ちゃんの本音はわからない。

　……もう、わからないよ。

「またヨリ戻るんじゃない？」

　冷たく言い放つと、大ちゃんは少し眉根を寄せた。

「戻んねぇよ」

「戻ると思うな。絶対戻るよ」

　ふたりとも意地になっていて、お互い一歩も譲らなかった。私は不安が的中して悔しかったのかもしれない。

「別に、俺には菜摘いるからいいよ」

　は？　なにそれ。

　この言い方には苛立ちを隠せない。無神経すぎる。

「なに言ってんの？　私を彼女の代わりにしないでよ！」

　彼女と別れても菜摘がいるとか、そんな風に、簡単に思われたくない。いくら大ちゃんでも、気持ちを踏みにじることだけは絶対に許せない。

　大ちゃんをきつく睨みつける。少しでも油断したら涙が溢れてしまいそう。

「ちげぇよ！　そうじゃなくて……俺菜摘のこと好きだって言っただろ！」

「じゃあなんでもっと早く別れてくれなかったの？　『他に好きな子いる』って言えば済む話じゃん！」

　責めるようなことを言うつもりはなかったのに、それは間違いなく本音だった。

　だって、待っていたのに。たったひと言を、信じていたのに。

「……ごめん。いろいろあるんだよ」

　大ちゃんは私から目をそらしてうつむいた。

　前髪の隙間から見える目は、何度か見たことのある、本音を隠す時の、これ以上は聞かれたくないっていう目で。

　私は、涙は見せまいと必死に歯を食いしばった。

「……またそれじゃん」

　ずるいよ。いつだって大ちゃんはなにも言ってくれない。本当のことなんて、なにひとつ教えてくれない。肝心なことは絶対に言わない。

　信じたかったのに、もう無理だ。私はそんなに強くない。

　いろいろある、なんて言われたら、なにも言えなくなる。

　大ちゃん、ずるいよ。

「……帰るね」

　絞り出した声は、ひどくかすれていた。

　帰り道、助手席で理緒に電話をかけても出なかった。由貴と麻衣子にかけても無反応。

　もう2時だし寝ちゃったのかな……。何度かけても出ない。理緒の家を出る時は急いでいたから、すぐ近くにあったスマホしか持ってきていなかった。家の鍵が入っているバッグも、もちろん置いてきている。

「……朝まで一緒にいる？　明日仕事休みだし」

　状況を察したのか、大ちゃんが言った。

目は合わない。違うかな――合わせられなかった。

その言葉に甘えるしかないと思った。

こんな時間に行く場所なんてひとつしかない。

「……うん。ごめん」

それでも私は、大ちゃんを拒むことはできなかった。

これが最後になるかもしれないから。いつ終わりを告げるかわからない恋だと気づいたから。

もしかしたら最初からわかっていたのかもしれない。だから、好きだと言われてからも不安が拭い切れなかったのかもしれない。

本当に腹が立って口論になって『帰る』とまで言ったくせに、結局こうなっちゃうんだ。

朝まで一緒にいられることを嬉しく思ってる。

本当に、かっこ悪いよね――。

行く場所なんか聞かなくてもわかっていた。それでも私は少し傷ついていた。大ちゃんの家に連れて行ってくれたら、少しは自信がついたかもしれないのに。

ほんの小さな期待すら打ち砕かれた。もう本当に、身体だけの関係なんだと思い知らされた。

それでも拒まないのは、大ちゃんが一瞬でも……ほんの一瞬でも、私だけを見てくれるのなら、なんでもよかったから。

全部全部、矛盾にもほどがある。大ちゃんと出会ってからの私は、ずっとずっと矛盾だらけだ。

　部屋に入ると、大ちゃんはすぐに私を押し倒した。

「菜摘」

　時折名前を呼ぶ、切なく愛おしい声が、余計に胸を締め
つける。

　わかってるから。お願いだから、今だけはなにも言わな
いで。誰も邪魔しないで。

　一瞬の儚い夢を、永遠に見ていたいから。

「大ちゃん……」

　名前を呼び返すと、大ちゃんは優しく微笑んだ。

　ふたりしか知らない、ふたりだけの世界。

　大ちゃんとなら、私は何度だって夢を見られる。

　もう大丈夫だから。夢から覚めても、大ちゃんを責めた
りはしないから。

　だから、笑って。私も笑うから。

　ベッドに横たわったままうとうとしている私の肩を大
ちゃんが揺らした。

「菜摘、一緒に風呂入ろっか！」

「はっ？　やだよ恥ずかしい！」

　私の反抗は見事にスルーされ、強引にお風呂場へ連行さ
れた。

　お湯をためて、せっかくだから泡風呂にした。エアコン
で冷えていた身体が徐々に温まっていくと、同時に気持ち
も少し落ち着いてきた。

「……なんかごめんね。襲っちゃって」

　大ちゃんが、まるで叱られた子犬みたいな顔をした。

「なんで謝るの？」

　微笑むと、大ちゃんも少しだけ目を細めた。そしてひと息つくと、後ろから私の肩に手を回した。

　これから話すことはなんとなくわかる。それでもやっぱり、私のすべてが大ちゃんの手に反応する。

「俺らってどういう関係なんだろうな」

　ああ、やっぱり。どんな関係って、そんなの決まってる。

「セフレじゃん」

　できる限り平静を装って吐いた。声が浴室に反響する。

　こんな哀しい台詞、私に言わせないでよ。

「……俺、セフレとかそういうの嫌なんだよ。身体だけみたいな」

　なに勝手なこと言ってるんだろう。

　こうなってるのは誰のせいだと思ってるんだろう。

　私にどうしろって言うの。「付き合おう」って言ったって、大ちゃんはうなずいてくれないでしょう？

　きっと、大ちゃんの中で、付き合うっていう選択肢（せんたくし）はもうないんだと思う。こんなこと認めたくないけど、彼女と別れたのに私が願っている言葉は言ってくれない。それが答えだった。

　それなのにこの状況も嫌なんて言うなら、これからの選択肢はひとつしかないじゃない。

「じゃあなに？　今さらただの友達になんかなれないよ。

そんなことわかってるでしょ？」

　そう言うと、大ちゃんは黙りこんでしまった。

　私は自分でも不思議なほどに冷静だった。覚悟とまでは いかないけれど、やっと頭で理解できたんだろうか。

　少なくなった泡を手ですくう。強く吹くと、泡が大雑把 に飛んだ。そして、儚く散っていく。漫画みたいに、綺麗 なシャボン玉になったらいいのに——。

「大ちゃんはどうしたいの？」

　付き合おうなんて私からは言わない。言えない。言った ところでどうなるの？　なにかが変わる？

　大ちゃんが困るだけ。自分が虚しくなるだけ。またどん 底に落ちるだけ。

　わかっているのにそんなことを言えるほど、拒否されて 耐えられるほど、私は強くない。

「こんな関係いつまでも続けられないよ。このままだった ら、どっちにしろ終わっちゃうよ」

　離れたくない。大ちゃんが好きだから。

　大ちゃんを好きな気持ちは計り知れない。底を突くこと がない。どんどん好きになる。だから苦しいんだ。

「大ちゃん、『待ってて』って言ったじゃん。私、ずっと待っ てた。でもいくら待ったって、大ちゃんは来てくれないじゃ ん。だから……」

　泣きたくないのに、涙が出てくる。

「大ちゃんなんて、いらない」

　最低な台詞。そんなこと誰にも言っちゃいけないのに。

　これは賭けだった。

　もし「付き合おう」って言ってくれたら——。

　そんなかすかな期待がないと言えば嘘になる。でも、言ってくれないことはわかってる。

　ただ、もしも大ちゃんが私を必要だと言ってくれるのなら。

　私はずっと、どんなに苦しくてもずっと、大ちゃんのそばにいる。

　だから、これは賭け。

　大ちゃんはやっぱり黙りこんだまま。もう答えは返ってこないだろうとあきらめて、少しのぼせてしまった私はお風呂から出てバスローブを着た。

　ソファに腰かけていちご味ご味の飴（あめ）を頬ばる。しばらくして浴室から出て来た大ちゃんも、バスローブを着て私の隣に座った。

「……俺、自分勝手なのはわかってるけど」

　大ちゃんの腕に手を絡めて、肩に頭を預けた。

「菜摘とは離れたくない。俺……中途半端なことばっかりして、こんなこと言える立場じゃないけど。菜摘がいなくなるなんて、考えられないんだよ……。できるなら、菜摘と一緒にいたいけど、今は……できない」

　それが大ちゃんの答え？

　嬉しいよ。私も大ちゃんと離れたくない。大ちゃんがいなくなるなんて考えられない。

「でも……俺には菜摘が必要なんだよ」

　この人は本当に、私のことをよくわかってる。いつだってそう、私が一番ほしいと思う言葉をくれる。

「……ありがとう」

　ありがとう。私を必要としてくれて。それだけで、この苦しさも耐えられる。苦しみさえ、幸せに変わる。

「……あのさ」

「ん？」

　大ちゃんの唇が、私のおでこにそっと触れる。本当にそっと……まるで、ためらっているかのように。

「お願いがあるんだけど」

　私の手を握り、大ちゃんが小さくつぶやいた。

　お願い？

「うん。なに？」

　見上げると、大ちゃんは力なく微笑んで、さっきよりも強く、確かに唇が触れあった。

　大ちゃんにそんなことを言われたのは初めてだ。

　どうしたんだろう。

　大ちゃんが私に聞いてほしいと言うなら、そのお願いは絶対に聞いてあげたい。

　どんなお願いだって、私が必ず叶えてあげたい。

　唇から伝わる大ちゃんの体温を感じながら、そう思った。

最後の夜

　大ちゃんの〝お願い〟はいたって簡単で、少し不思議なものだった。

「一緒に海行こう」

　なにを言われてもいいよう覚悟していたのに、予想していたどれとも違う内容に驚いて、私はとんでもないアホ面をしてしまった。

　海？　どうして？

　聞きたいことは山ほどあるのに、なにも聞かなかった。どうせなにも言ってくれないから。

　「いいよ」とだけ返すと、大ちゃんが「よかった」とつぶやいた。

　「来週の休みに連絡する」と言った大ちゃんに、「わかった」と答える。

　「ほんとにわかってんのかよ」と笑う大ちゃんが好き。

　わからないよ。なにもわからない。

　どうしてそんなに哀しそうな瞳をしているのかも、それでも優しい手の意味も。

　でも、ちゃんとわかってる。

　「ほんとにわかってんのかよ」の意味。これからの、ふたりの未来。この２年間の結末。わかってるから──。

「待ってるね」

　ずっとずっと、待ってるから。君はひとりじゃないよ。

いつまでも、いつまでも、私は君を想っているから。

次の週の土曜日。午後8時。

待ち合わせは、ふたりが再会したコンビニ。色気もなにもないけれど、嬉しかった。

今日はデートだから、目いっぱいオシャレをした。大ちゃんが好きなカジュアルな服を着て、普段は塗らないファンデーションも丁寧に塗って、大ちゃんのために伸ばした髪も、アイロンでしっかりとストレートにした。

待ち合わせの時間の少し前、見慣れた車が私の前に止まった。

「菜摘」

呼ばなくたってわかるのに、大ちゃんはわざわざ窓から顔を覗かせる。この瞬間がたまらなく好き。

大ちゃんに会った時、小さく高鳴る鼓動が心地いい。

「久しぶり」

助手席に座り、シートベルトを締めた。

「うん。久しぶり」

車が発進する。行き先は決まっているから、いつもの相談会も今日はない。いつものように他愛のない話をしながら車を走らせる。

大ちゃんの横顔が好き。しっかりと筋肉がついた腕も、私を簡単に包みこんでしまう、大きな手も。

運転している時の男の人って、どうしてこんなにかっこいいんだろう。

　いつもは窓の外を眺めるけれど、今日はバレないように、大ちゃんの横顔を見つめていた。

　大ちゃんの姿を、目に焼きつけていた。

　走りはじめてから1時間。あと少しで、目的地の海に着く。

「ねぇ、大ちゃん」

　なにもない田舎道。車もなければ人もいない。たまに見かける店もみんな閉まっていた。

「ん？　どうした？」

　少し開けている窓から、潮の香りが入りこむ。

「私のどこが好き？」

「はっ？」

　こっちを向いて、目をまん丸に見開いた。

「危ないな。前向いてよ」

「ああ……うん」

　そりゃあ驚くよね。大ちゃんにこんなこと聞くの初めてだもん。でも、ずっと聞きたかったんだ。

『菜摘が好きだよ』

　あの日から、ずっと。

「あー……うん。聞きたい？」

「聞きたいから聞いてるんじゃん」

「まあ、そうだけど」

　あんなに驚いていたのに、大ちゃんはもう、いつもの余裕な笑顔になっていた。自分で聞いたのに少し緊張する。

　そして、大ちゃんが口を開いた。

「あん時さ、会えて嬉しかったんだよね」

　『あん時』だけじゃさすがにわからない。

「いつ？」

「カラオケん時」

　出会った頃のことだろうか。　初めてたくさん話をした、あの日。

「ゲーセンで会ったじゃん。そん時からちょっと気になってたっぽい」

　ぽいって、そんな曖昧な。でも、そんなに前から気にしてくれてたんだ。

　気にしてくれてたから——私のことはすぐに覚えてくれたの？　私の自惚れじゃなかったの？

「それで？」

　「急かすなよ」と笑い、大ちゃんは続けた。

「喧嘩した日さ、嫌われたと思った。お前まで巻き込んじゃったし」

「嫌いになんかなってないって言ったじゃん」

「いや、そうだけどさ」

　嫌われたと思ったんだよ、と大ちゃんは繰り返す。

　もう緊張は解けていて、ただ続きが気になった。

「そんであいつに告られて付き合ったら、お前告ってきたじゃん。もうダメだと思ったのに」

　初めて告白した日のことを思い出す。

　……そうだ。あの時大ちゃんは『なんで』って言った。

　あの時はわからなかった、すぐに忘れてしまった『なんで』の意味。そういうことだったの?

「駿からみんなで遊ぼうって連絡きた時も、ほんとは嬉しかったよ。もう会えないと思ってたし……お前だってもう俺に会いたくないだろうなって思ってたから」

　大ちゃんはずるい。とても気にしているような態度じゃなかったのに。ちゃんと言ってくれたらよかったのに。そしたらちゃんと否定したのに。

　勝手に自己完結して、それを今さら言うなんて、ずるい。

　会いたくないわけないじゃんって、私も会えて嬉しいんだよって、言わせてほしかった。

「で、そのあと……植木んちの近くでまた喧嘩した時、お前泣いてたじゃん」

「うん」

「泣いてるお前見て、綺麗だって、思ったんだ」

　片手でハンドルを軽く握り、大ちゃんは前を向いたまま、柔らかく笑う。

　綺麗?　泣いてる私が?

　そんなことを言われたのは初めてで、身体が小さく震えた。

　私もずっと思ってた。大ちゃんの寂しさを見る度に、弱さに触れる度に、綺麗だって思ってた。

「……これはさすがに覚えてないかもだけど、俺が『親が金持ち』って話した時のこと覚えてる?」

　今日の大ちゃんはおしゃべりだ。

　大ちゃんからそんな話をしてきたことにも、覚えていたことにも驚いた。意外とよく覚えてるんだな。
「覚えてるよ」
　私にとっては大ちゃんと話したことは全部特別で、たぶんどんなに小さなことでも覚えてる。
　だから、大ちゃんも覚えてくれていたことが嬉しかった。ほんの少しでも、私といた日々を特別だと思ってくれてるのかな。
「お前さ、あの時、なんか変な顔して黙ってたよな。なんで？」
　変な顔って。もうちょっと言い方があるでしょうよ。
「……なんか。あんまり聞かれたくなさそうって言うか、話したくなさそうっていうか……とにかく、全然嬉しそうに、自慢げに見えなかったから」
　理由をうまく言葉にできなくてもごもごと言うと、大ちゃんは「けっこう鋭いな」と小さく笑った。
「俺ひとりっ子だから、親父の会社継ぐのなんて、たぶん産まれた時から決まってたんだよ」
　産まれた時から将来を約束されている、といえば聞こえはいいけれど、私には違う意味に聞こえた。
　逆を言えば、自分の意志に反して全部決められてしまうわけで。
「興味ある仕事とかなかったの？」
「子供の頃はあったよ。それなりに」
「親に言ったの？」

　いつもなら聞けないのに、今日はするすると言葉が出て
くる。今日の大ちゃんは話してくれると思ったからなのか、
今聞いておかなければと思ったのか。
「言ったよ」
「なんて言われたの？」
　そんなこと聞かなくてもわかっていた。大ちゃんの表情
もそうだし、結局お父さんの会社に就職したということは、
そういうわけで。
「なんて言われたかまでは覚えてないんだけど、すげぇ複
雑そうな顔されたのは覚えてる」
「……そうなんだ」
「だから、あー俺は親に敷かれたレールの上を歩いていく
んだろうなって、たぶん子供ながらに漠然と思ったんだよ
な」
　もしかしたら、それ以外にも我慢しなきゃいけないこと
がたくさんたくさんあったのかもしれない。
　だから——感情を表に出すことをあきらめてしまったん
だろうか。大切なことを人に言えなくなってしまったんだ
ろうか。
「俺、たぶん嬉しかったんだよ。お前が〝羨ましい〟とか、
そういうことひと言も言わなかったのが」
「え？」
「だって俺、嬉しいと思ったことないから。別に嫌とかつ
らいとかもないんだけど。全部どうでもよかった。……で
も、なんていうか、とにかく、あの時はたぶん嬉しかった」

「……うん」

「お前が高校受かったのも嬉しかったよ。お前が落ちたら
もう会えないかもって思ってたから。部活見に来てたのも、
俺が話しかける度に嬉しそうに笑ってくれるのも。全部嬉し
かった」

　鼻の奥がツンと痛んだ。

　全部全部、大ちゃんには伝わってないと思ってたのに。
今まで頑張ってきたことが、やっと報われた気がした。

「だから、たぶん……今考えてみれば、もうずっと前から
好きだったんだろうな」

　でも、遅いよ。遅すぎるよ。

「……だったら、言ってくれればよかったじゃん。好きな
ら好きって、言ってくんなきゃわかんないよ」

「俺わかんなかったんだよ。好きとか嫌いとか」

　本当に私のことが好きだったなら、とっくに彼女と別れ
ていたはずだと思った。でも、そうじゃなかった。

　その答えが、今やっとわかった。

「人を好きになったことなんてなかったから」

　大ちゃんがつけ足したひと言が、とても寂しい。ただ単
に、恋をしたことがない、というわけではないと思う。

　大ちゃんはきっと、誰にでもある〝感情〟がよくわから
ないんだ。嬉しいとか、悲しいとか、好きとか、寂しいと
か。そういう感情に、すごく鈍感なんだ。

　きっともともとそうだったわけじゃなく、いつの間にか
感情を押し殺すようになって、それが癖になっていたのか

もしれない。だから自分でもわからなくなってしまったのかもしれない。

なにも教えてくれなかったのは、はぐらかしていたわけじゃなかったんだ。深いところに触れようとすると壁を作ってしまうのは、わざとじゃなかったんだ。

ただ、自分でもわからなかっただけだったんだ。

わからないから、いつも笑っているんだと思った。

いつもどこかで感じていた大ちゃんの寂しさや孤独が、私の寂しさに誰よりも早く気づいてくれた理由が、初めてちゃんとわかった気がする。

「好きだったよ、ずっと。……信じてくれる？」

私も同じだった。いや、私の親は社長でもなんでもないし全然違うんだけど、でも、同じだった。

私も人に本音を言うのがとても苦手だった。どうでもいいことはベラベラしゃべるのに、肝心なことほど口にできなかった。

自分の中にあるものを言葉として表現することが、人に心を開くことや向き合うことが、極端に苦手だった。

だから、ずっとずっと、私の奥のほうにあるものに気づいてくれる人を求めていたのかもしれない。

あの日――初めて大ちゃんと公園で話した日、寂しそうって言ってくれたことが嬉しかった。

きっと他の人に言われたら茶化してごまかしていたと思う。でも、大ちゃんにはなぜか素直になれた。たぶん、恋愛感情を抜きにしても、大ちゃんには最初から心を開いて

いた。

　この人だって、思った。

「……信じられないよ」

　嘘だよ。信じるよ。

　大ちゃんがくれる言葉なら、全部受け止めるから。もう、疑ったりはしないから。たとえ嘘だとしても、すべて信じるから。

　大ちゃんが本当だと言うのなら、たとえそれが嘘だとしても、私にとっては本当になるんだよ。

「菜摘は？　なんで俺のこと好きなの？」

　砂浜に車を停める。

　もう7月なのに、不思議と車は1台もない。

　それだけで、世界中にふたりしかいなくなったような錯覚に陥る。

「んー……運命感じちゃったからかな」

　平然と答えてはみたけれど、言ってからちょっと恥ずかしくなって、笑ってごまかした。

「俺も。じゃあ、どこが好き？」

　聞かれるとけっこう恥ずかしいもの。さっきはよくあんなに平然と聞けたな、私。

「優しいのに優しくないとことか、嘘つけないくせに嘘つきなことことか」

　本当の気持ち。大ちゃんは少し困った顔をした。

「お前たまにわけわかんないこと言うよな。難しくてわか

んねぇよ」

　ちっとも難しくなんてない。ちょっとからかってみただけ。それはとても簡単なこと。

「全部好きだってことだよ」

　大ちゃんの好きなところを挙げたらキリがない。たくさんありすぎる。それなら全部って言うしかないじゃない。

「なんだそれ。俺、真面目に答えたのに」

　大ちゃんはシートに身体を預けて、目を合わせたまま笑った。

「私だって真面目だもん」

　本当に、すべてが好き。悪いところですら愛しく思う。

　唯一、嫌なところは……なにかあった時、なにも言ってくれないところ。だって、寂しいから。

「ありがと」

　たとえば、「雪が解けたらなにになる?」と聞かれたら、君は「水」でも「春」でもなく、「泥」と答えるような、とても寂しい人で。

　そういうところが、なによりも大好きなんだ。

　弱くて、汚くて、不器用で、寂しくて、孤独で。

　それなのに、とても綺麗な人。

　そんなの、好きにならないわけがない。

　全部全部、大好きだよ。

「私ね、たぶん一生好きだよ。大ちゃんのこと」

　永遠なんて不確かなもの、信じられなかった。でも……大ちゃんへの想いは永遠だと、心からそう思う。

　他の人を好きになるなんて、大ちゃんへの想いが消えるなんて、そんなの想像できない。そんなの嫌。
「どうしたらいい？」
　2年間募らせてきた、この行き場のない想いを、どうしたらいい？
　右手が塞がる。夏なのに、やっぱり大ちゃんの手は冷たい。それなのに温まる。
　魔法の手だなんて可愛いことは言えないけれど、本当に不思議。
「ずっと好きでいてよ」
　笑っているのに、とても寂しい目。
　すべてが不思議で、すべてに惹かれる。すごく、引きこまれる。
「……うん。約束する」
　ずっとずっと、君だけを想うから。
「約束ね」
　約束するから——。
　私を、忘れないでね。ずっと、ずっと。

　街灯がない夜の海は、車のライトを消すと真っ暗だった。
「おいで」
　いつものように両手を広げて、大ちゃんはにっこり微笑んだ。
　大ちゃんの〝おいで〟も、あの頃から変わらずに大好き。
「おいで」

　いつもなら飛びついちゃうところだけど、同じ言葉を繰り返したのは……私ばっかり追いかけるのに、少し疲れたからかな。

　だって、来るとは思わなかったから。

「そういうとこ可愛い」

　瞬時に私の上にまたがった大ちゃんは、そのまま一気にシートを倒した。驚いて唖然（あぜん）としている私を見て、今度はいたずらに笑う。

　心臓が、止まっちゃいそうだった。

「大ちゃん、ずるいよ」

　私の前髪にそっと触れて、もう片方の手は右の頬を包む。そして、長く、深いキスをした。

　大ちゃんがかすれた声でささやいたひと言を、私は一生忘れない。

　涙が溢れたのは、本当に嬉しかったから。死んでもいいと、本気で思ったから。そして、なんて哀しい台詞なんだろうと思ったから。

　たとえ、それが本心だとしても。

　ふたりが結ばれることは、きっとないだろうと確信したから。

「世界で一番愛してる」

　——ああ、そうか。

　やっとわかった。亮介じゃダメだった理由。大ちゃんじゃなきゃダメな理由。

　この感情を、なんて呼ぶのか。

　私、愛してる。この人を、愛してるんだ。

　神様と呼ばれる人が、本当にいるのなら。

　どうか願いを叶えてください。

　あの頃に——。

〝またね〟

　大好きな言葉を初めて聞いたあの頃に、ふたりが出会ったあの頃に、時間を戻してください。

　もう、決して間違えたりはしないから。

　もう、決して後悔はしないから。素直になるから。

　それが無理だというのなら、今度生まれ変わった時、ふたりでひとつにしてください。

　そしたら、決して離れることはないでしょう？

　人と人は、繋がることができる。結ばれることもある。

　でも、ひとつになることなんて、きっとできない。

　だから、お願いします。願いを叶えてください——。

　唇が離れる。

　大ちゃんは私の髪に触れて、ふっと笑った。

「泣き虫」

　するのかと、思ったのに。

「泣かせたのは大ちゃんでしょ」

　少しがっかりした。ひとつになれないのなら、結ばれないのなら、せめて繋がりたかった。

　手が離れ、絡まっていた足がほどける。運転席へ戻った大ちゃんに言いようのない寂しさを覚えた。

　近いのに遠い。出会ってからずっと。

「行こっか」

　大ちゃんは、エンジンをかけてハンドルを握る。

「帰るの？」

　嫌。離れたくない。まだ帰りたくない。

「帰んないよ」

　大ちゃんが微笑むと、車が発進した。

　帰らないんだ。よかった……。

「狭いじゃん。車ん中」

　顔が熱くなる。

　バレた？　それとも、大ちゃんも同じ気持ちだった？

「……うん。そうだね」

　場所なんてどこでもいいのに。こんなこと言ったら、変態って笑われちゃうかな。

　帰りの車は静かだった。

　行きと同じように、大ちゃんの姿を目に焼きつけていた。

　ホテルに着くと、手を引かれて部屋に入る。

　オレンジ色の明かり。もとから薄暗い部屋をさらに暗くすると、ふたりで大きなベッドに腰かけた。

「なんか緊張する」

「うん。私も」

　けれど、この緊張感は心地いい。愛おしさが増していく。

　どちらからともなく唇を重ね、ゆっくりと、純白のシーツに包まれた。

　名前を呼ぶ声も、寂し気な表情も、髪に触れる手も、身体を這う唇も、少し癖のある髪も、滴り落ちる汗さえも。

　すべてがほしい。すべてが愛おしい。すべてを、愛してる。

「……愛してる」

　ついつぶやいてしまったひと言に、大ちゃんは微笑んだ。気づいたら流れていた涙を、人差し指で優しく拭う。

「泣き虫。俺も愛してるよ」

　私のことを泣き虫なんて言うの、世界中で大ちゃんくらいじゃないかと思う。

　それくらい大ちゃんの前で泣いてきた。大ちゃんの前でだけは素直に泣けた。言葉には出せていなかったとしても、感情のすべてをぶつけていたのかもしれない。

「大好き……」

　君のすべてに私は溺れる。

　どうかこのまま離さないでほしい。

　ただ、そばにいさせてほしい。

　君がいなければ、私は呼吸さえできない。

　君は、私のすべてだから。

　君が笑いかけてくれるのなら、私はなんだってする。

　だから──ずっとずっと、大ちゃんのそばにいさせてください……。

　ベッドの上で、裸のまま寄りそう。服はいらない。そんなものがあったら、体温を感じることができないから。
「くっついてくんの珍しいね」
　腕枕に頭を預けて、しっかりと大ちゃんに抱きついていた。
「そうかな」
　しっかりと繋がっていたい。１ミリの隙間さえももどかしい。
「そういうとこ可愛い」
　大ちゃんの手が、私の前髪へと移動する。初めて可愛いと言われた日から、大ちゃんはよく可愛いと言うようになった。
「どうした？　寂しいの？」
　大ちゃんがきつく抱きしめるから、それ以上に私の胸が締めつけられる。
「……寂しいよ」
　ずっと一緒にいたいの。そばにいたいの。
　寂しいよ……。

　時間を止めてほしいとどんなに願っても、時間は待ってくれない。残酷に時を刻む。
　お別れの時間。

「またね」

　世界で一番大好きなひと言が、とても寂しく響いた。

　小さく笑った大ちゃんは、ハンドルから手を離して私を強く抱きしめた。

「どうしたの？」

　答えてくれないことくらいわかってるけど、心臓がうるさい。

「……ごめんね。なんでもないよ」

　なんでもないわけない。だって大ちゃん、少し震えてた。

　私の身体から離れていく手を、とっさにぎゅっと握った。あんなに強く握ったのに、その手は、いとも簡単にほどけたね。

「そ、か。……またね」

　最後にキスを交わす。

　車を見送った時、わかったんだ。

『夏になったら、ラベンダー畑でも連れてってやるよ』

　嘘つき。

『菜摘とは離れたくない』

　嘘つき。

『またね』

　嘘つき。

　そんなの嘘じゃない。この恋に、未来なんてないじゃない。

　わかってるくせに。大ちゃんが一番よくわかってるくせに。

　わかってる。

　〝また〟があるなら、きっと、それが最後の日。きっともう〝またね〟は聞けない。

　いつからだろう。わからないことも、わかるようになったのは。

　いつからだろう。わかりたくないことを、わかってしまうようになったのは。

　どんなに願っても、叶わない願いもある。

　どんなに祈っても、届かない祈りもある。

　どんなに愛していても、結ばれないこともある。

　わかりたくなかったよ。気づきたくなかった。

　この先には〝終わり〟しかないなんて、そんなあまりにも残酷すぎる現実に。

第6章
ふたりの結末

こんなにも君を好きになったのは
きっと理想的だったからじゃない
暗闇から救い出してくれる存在だと思ったからじゃない
君もまだ未完成で　満たされることなく
いつもなにかを求めていたから
私と君は　きっと似ていたね
だからこそあんなにも惹かれたのかな

けれど君は　私を満たしてくれたね
暗闇から救い出してくれたね

君に出会えてよかった
君を好きになってよかった

あのね　大ちゃん
君は　私の光でした

彼の彼女

　海へ行った日から、大ちゃんと会わない日々が続いていた。連絡すら取っていない。

　早朝5時。私を起こしたのは、アラームではなくメッセージの受信を知らせる短い着信音だった。寝ぼけながらスマホを手に取る。

【メッセージ1件：大ちゃん】

　2週間ぶり……。

　こんな時間に連絡がくるなんて珍しい。でも素直に嬉しかった。けれど内容を見た私は、嬉しさなんてすぐに吹き飛んでしまった。

《大輔の彼女です》

　血の気が引くというのは、まさにこのことだと思った。

　大ちゃんの彼女……？

　心臓がうるさい。一度目をそらして、呼吸を整えてから、再び画面を見た。

《急なんだけど、今日会えないかな？　あたしの車で迎えに行くわ。なんでかはわかるよね？　あたし全部知ってるから》

　バレてる……？　どうして？

　なにが起こっているんだろう。

　頭がまっ白になり、ドクドクと鼓動が速まっていく。全身に冷や汗をかく。あわてて名前を確認したけれど、何度

見ても間違いなく大ちゃんからだ。

　大ちゃんのスマホから送ってるってことだよね。じゃあ、大ちゃんは？　隣にいるの？　彼女とヨリを戻したってこと？

　まだ覚醒しきれていない頭ではすぐに状況を把握できず、スマホを持ったまましばらく呆然とする。

　なんとか落ち着こうと、大きく深呼吸をした。そしてもう一度画面を見た。

《あたし全部知ってるから》

　全部ってどこまで？　本当に全部知ってるの？

　大ちゃんが彼女と別れる前にも会っていたし、私たちがしていたことは、完全に彼女に対する裏切り行為だ。前にバレた時……中３の冬とは、状況が違いすぎる。本当にすべて知っているのなら、逃げるわけにはいかない。

《わかりました。夜でいいですか？》

　自分が悪いからなんて、そんな潔い気持ちじゃない。こうなることなんて想像すらしたことがなかったし、謝罪するつもりだってちっともないんだから。

　ただ、ある意味これはチャンスだと、これで決着をつけられるんだと、そう思った。

《夜は大輔が仕事だから無理。12時でいいよね？》

　彼女は私のこと知ってるのかな。そもそも、どうしてバレたんだろう。

　徐々に落ち着きを取り戻すと、少しずつ疑問が生まれた。

《学校だから無理です。４時くらいじゃなきゃ行けません》

《調子乗んなよ。学校とかどうでもいいわ。あたしも仕事
休み取ったから》

　調子乗んなよって言われても、学校はしょうがないじゃ
ん。寝起きなのも重なり、だんだんと苛立ちが募る。

　自分が悪いなんてちっとも思っていないし、罪悪感だっ
てこれっぽっちもない。だって、この人がいなければ、私
は大ちゃんの隣にいられたかもしれないのに。

　そう思うと、当然のように大ちゃんの隣にいられる彼女
に怒りさえ湧いてきた。

《こっちにも都合があります》

《人の男に手ぇ出したのはそっちでしょ？　うちら婚約し
てるし、子供もいるんだわ》

　……は？　婚約？　子供？

　なにそれ。嘘でしょ？

　そんなの聞いてない。結婚するってこと？

　別れたいけど、別れられないって、こういうことだった
の？

　子供がいて婚約しているのに、喧嘩したくらいで別れた
りするだろうか。

　それとも、別れたこと自体が嘘だった？

　でも、大ちゃんがそんな嘘をつくとは思えない。でもも
うわからない。

　だって現に今、こうして大ちゃんのスマホで大ちゃんの
彼女から連絡がきている。

　これは夢なんじゃないかと無意味でしかない現実逃避を

してみるも、これは間違いなく現実で。目に映っている文章は、何度見ても変わることはなくて。

　呆然と画面を見つめながら、大ちゃんの表情が、一緒に過ごした少ない日々が浮かぶ。

《婚約してることも子供がいることも聞いてないし、知りませんでした。学校は休めないから夕方でお願いします。大ちゃんもいるんですか？》

　大ちゃんに会って、ちゃんと話して、スッキリしたい。

　私の中にある数少ない言葉じゃ、この感情をたとえることができない。

《大輔もいるわ。大輔に全部聞いたから。4時にゲーセン。じゃあね》

　大ちゃんが言ったの？　どうして？

　大ちゃんがわからない。

　それからは寝るに寝られず、そのまま学校へ行った。

　授業中はずっと上の空。みんな心配して話しかけてくれたけれど、「なんでもないよ」と言い続けた。

　だって、こんなこと誰にも言えない。

　大ちゃんから電話がきたのは、10時を過ぎた頃だった。

　机の下でスマホの画面を見ながら少し混乱する。授業中だから出られるわけもなく、しばらくすると【不在着信：1件】という文字が画面にぽつんと残った。

　今度はなに？　まさか、また彼女じゃないよね？

　先生に「トイレに行く」と伝えて、スマホを握ったまま

廊下に出た。不在着信の履歴から電話をかけ直すと、呼び
出し音も鳴っていないのに「プツ」と音が聞こえた。

『もしもし、菜摘？　俺だけど！』

　大ちゃんは今まで聞いたことのないほど大きな声を出し
た。とりあえず彼女じゃなかったことに安堵する。

「うん。どうしたの？」

　なるべく平静を装う。大ちゃんがどうして焦っているの
かまったくわからない。

　廊下は声が響くから、通話中のままトイレの個室に入っ
た。

『彼女から連絡きたろ!?』

　なにを今さら……。

　自分から全部白状したんじゃないの？

「きたよ。今日会うんでしょ？　別に逃げたりしないから
安心してよ」

『ちげぇよ！』

　違う？　なにが？　意味がわからない。

「なにが？　自分で白状したんでしょ？」

　確かに『大輔に全部聞いた』と書いてあった。見間違い
なんかじゃない。確かにそう書いてあった。

『だからちげぇって！』

「だからなにが!?」

　大ちゃんの話はこうだった。

　彼女とヨリを戻し、そのまま家に泊めて大ちゃんは寝た。
その隙に彼女にスマホを見られた。そして逆上した彼女が、

勝手に私に連絡をした。今電話ができるのは、会社に用事があると言って無理に抜け出したらしい。

「……なるほど。そうだよね」

大ちゃんが自ら白状するわけがない。少し考えたらすぐにわかること。

……でもやっぱり、彼女とヨリ戻したんだね。連絡がこなかったから予測はできていたけど、大ちゃんの口から聞いてしまうとショックだった。

『納得してる場合じゃねぇって！　なんで断んなかったんだよ……。あいつたぶん殴る気だよ！』

彼女、狂暴なんだ。そういえば、中3の頃にバレた時もちょっと怖そうな印象だったな。

痛いのは嫌だけど、それはそれで別にいい。

「殴られたら殴り返す」

『バカか！』

いくら大ちゃんに説得されても、私は聞く耳を持たなかった。殴られようがなにをされようが、私にとってはどうでもよかった。

『とにかく気をつけろよ！　俺もお前には手ぇ出させないようにするから！』

なにに対してどう気をつけたらいいのか、さっぱりわからない。気をつけたところで、どうなるわけでもないのに。

『菜摘……ほんとごめん』

大ちゃんが会社に着いたから電話を切った。

最後に大ちゃんが言った「ごめん」の意味が一番わから

ない。謝られたところで、私にはどうすることもできない
のに。

　……あ。婚約と子供のこと、聞き忘れちゃった。

　でも婚約してて子供がいるってことは、彼女は妊娠して
るんだよね。そんなに暴れて大丈夫なのかな。

　スマホをポケットに戻してゆっくりと立ち上がる。

　なにも焦ることはない。ただ、あったことを話す。それ
だけだから。

　時間というのは嫌でも過ぎる。

　学校が終わり、ひとりでゲーセンへ向かう。体験入学の
あとに大ちゃんと再会した、あの場所。

　しばらく来ていなかったけれど、まさかこんな形でまた
来ることになるなんて。大ちゃんと会えるのに、嬉しいと
思えない日がくるなんて、夢にも思わなかった。

　ゲーセンに着くとスマホが鳴った。

《着いたよ。菜摘は？》

　さっきまで落ち着いていた心臓が少し騒ぎはじめる。

　緊張しているわけじゃない。こんな時まで、大ちゃんは
私の胸を高鳴らせる。

　──最後の最後まで、大ちゃんでいっぱいなんだ。

　あたりを見渡すと、白い車が1台停まっていた。

　そういえば車種を聞いていなかった。少しずつ近づいて
みる

「菜摘、こっちだよ」

　私に気づいた大ちゃんが、助手席から顔を覗かせた。

「……うん」

　たまらなく大好きな瞬間のはずなのに、今はちっとも喜べない。だってあれは大ちゃんの車じゃない。いつもとは全然違う状況なんだと改めて実感させられた。

　大きく深呼吸をしてから後部座席に乗る。

「初めまして。菜摘ちゃんだよね?」

　彼女——真理恵さんは、とても誰かを殴ったりするとは思えない、色白で華奢で、おとなしそうな人だった。メッセージの印象とはかけ離れている。

「……はい。菜摘です。初めまして」

　そして、見るからに傷んだ明るい髪色。ウェーブがかかったセミロング。

『髪ストレートで綺麗だし、長いの似合いそうだなと思って』

　ああ、そうか。私、最初から負けてたんだ。どんなに頑張ってもダメだったんだ。

　たかが髪なのに、敗北感と絶望感でいっぱいだった。綺麗だって言ってくれたことが本当に嬉しかった。いつからか、願かけみたいになっていた。

　でも、頑張って伸ばした髪も、必死に手入れした日々も、すべてが無駄だったのかな。

　そう思った瞬間、私の中でなにかが変わった。

　糸が切れたという表現が一番似つかわしいと思う。

　真理恵さんは車を少し走らせて、人気の少ない公園の駐車場に車を停めた。そして後ろを向くと、さっきよりもさらに低い声で切り出した。

「さっそく聞くけど、いつから大輔と関係持ってたの？」

　それから真理恵さんは、いくつか質問をしてきた。

　いつ知り合ったのか。彼女がいることを知っていて、どうして関係を持っていたのか。

　なにも隠さず、あったことを話す。……つもりだったのに。

　私の口は、正反対の台詞を吐いていた。

「……なんで言わなきゃなんないの？」

　もともと最悪だった空気が、さらに凍てついた。呆気にとられている真理恵さんをきつく睨みつける。

「いつから関係持ってたかなんてさ、スマホ見たなら知ってんでしょ？　わざわざ聞いてどうすんの？」

　真理恵さんは開いていた口を閉じて、みるみるうちに表情を変える。怒りに満ちた表情に。

　大ちゃんも驚きを隠せない様子だった。

「……ふざけないでよ。なに開き直ってんの？　あんた自分がなに言ってるかわかってる？　頭おかしいんじゃないの!?」

　開き直り？　それは違う。

「知ってることわざわざ聞いて、なんになるの？」

　言いたくない。大ちゃんがくれた言葉も、大ちゃんがしてくれたことも、なにひとつ言いたくない。

　私といる時の大ちゃんは、私しか知らない。

　ふたりの世界は、ふたりしか知らない。

　ふたりが過ごしてきた時間は、ふたりだけのもの。

　誰も邪魔しないでよ。思い出まで壊さないでよ。

　そんな権利、誰にもないじゃない。

　頭がおかしいと言われても、最低だと言われてもかまわない。絶対に言いたくない。

「……ひとつだけ答えます。彼女いること知ってて、なんで関係持ったのかってやつ」

　鋭い目で私を睨み続ける真理恵さんの目を、まっすぐに見た。

　ひとつだけ。それは1＋1よりも簡単で、とても単純なこと。

「好きだから止められなかった。それだけです」

　理由はそれだけ。他に理由なんてない。

　止められるものなら、私だって止めたかった。他の誰でもない、私がそれを一番強く願っていた。でもそんなの無理だった。

　どれだけ離れていても、大ちゃんに会う度に、何度でも何度でも恋に落ちた。

　真理恵さんは握った拳をハンドルめがけて思いっきり振りおろした。鈍い音が車内に響く。

　それは、真理恵さんの精いっぱいの我慢だと思う。

　でも——どうせなら、殴ってくれたらよかったのに。

「はあ？　好きだから止められなかった？　ふざんなよ！
人の男に手ぇ出しちゃいけないって、それくらいわかるで
しょ！」

　さっきとは別人じゃないかと思ってしまうくらい、顔を
真っ赤にしながら怒鳴り散らす。

「真理恵！　やめろって！」

「あんたは黙っててよ！」

「黙ってらんねぇだろ！」

　真理恵さんが大ちゃんの腕を振り払う。それでも大ちゃ
んは、必死に真理恵さんを止めていた。

　こんな状況なのに、大ちゃんが私をかばってくれている
ことが嬉しかった。ただ黙っていてくれたら、少しは憎め
たかもしれないのに。

　大ちゃんはいつもそうだ。いつだってあきらめさせてく
れない。幻滅させてくれない。

　私がどれだけどん底に落ちても、またそうやって好きに
させる。大ちゃんが好きだって、何度でも実感させる。

「結局はただのセフレでしょ!?　あんたプライドないの!?」

　──人の男？　プライド？

　ふざけんな。なにも知らないくせに。

　……なにも、知らないくせに。

　体が震え、拳を握りしめた。出会ってから今日までの記
憶が走馬灯のようによみがえる。

　まるで〝これが最後だよ〟と誰かに言われたみたいだっ
た。

「それくらいわかってるよ！　だから何回もあきらめよう
とした！　でも無理だった！」

〝またね〟

〝菜摘ちっこいから、腕ん中に収まったじゃん〟

〝温けー……。お前ガキだから体温高いんだよ〟

「好きな人に優しくされたら期待しちゃうよ！　あきらめ
きれなくなる！」

〝お願いだから、嫌いにならないで〟

〝菜摘にだけは嫌われたくない〟

〝信じられるのは、菜摘だけだから〟

「私はあんたが大ちゃんと付き合う前からずっと好きだっ
た！」

〝めんこいな〟

〝大丈夫だから、もう泣かなくていいよ〟

〝髪、伸びたね〟

「大ちゃんとアッサリ付き合えたあんたに……」

〝寂しいと思ったの初めてかも〟

〝お前といたら楽しいわ〟

〝また会えるよ。そんな気がする〟

「彼女になれたあんたに……」

〝菜摘は女なんだよ。気をつけろよ〟

〝好きだよ〟

〝待っててくれる？〟

「無条件で隣にいられるあんたに……」

〝菜摘がいなくなるなんて考えられない〟

〝俺には菜摘が必要なんだよ〟

〝一緒に海行こう〟

「死ぬほど好きなのに、好きだよって言ってくれたのに
……それでも、隣にいられない私の気持ちがわかる!?」

〝そういうとこ可愛い〟

〝ずっと好きだったよ〟

〝綺麗だって、思ったんだ〟

「そしたら急に、婚約してて子供がいるとまで言われて
……」

〝信じてくれる?〟

〝ずっと好きでいてよ〟

〝泣き虫。俺も愛してるよ〟

「くだらない、ちっぽけなプライドすらなくなるくらい、
どうしようもなくなるくらい、好きになっちゃった気持ち
が、あんたにわかんの……?」

〝世界で一番愛してる〟

　めちゃくちゃなことを言っているのはわかっていた。真
理恵さんは一切悪くないことも、私に責める権利なんて微
塵もないことも、頭ではちゃんとわかっていた。

　それなのに止まらない。この人さえいなければ。もうそ
れしか考えられない。

　どうして隣にいられないの?

　出会った日から今日までのことも、こんなに鮮明に思い
出せるのに。

　くだらない、ちっぽけなプライドすらなくなるくらい好き。大ちゃんがいれば他にはなにもいらない。

　そばにいられるのなら、それだけでよかった。隣で笑ってくれるのなら、それだけで満たされた。

　どうして叶わないの？

　ただ好きになっただけ。ただ、そばにいたいと当然のことを願っただけ。

　どうしてダメなの？　どうして否定するの？

　否定しないでよ。最低だと言われても、どんなことをしてでも、私だけを見てほしかった。

　一緒にいたかった。そばにいたかった。隣にいたかった。

　それだけじゃない。他になにも望んでないじゃない。

　好きなら、それを願うのは当然のことでしょう？

　この恋は叶わない。この先には終わりしかない。大ちゃんは私を選んでくれない。そんなことわかってた。

　でも、覚悟なんてできてなかった。そんなのできるわけなかった。

　もう、強がることさえできなかった。

　大ちゃんが好き。大ちゃんを失いたくない。

　願いはずっと、それだけ。

　涙が止まらなかった。

　こんな時でさえ、大ちゃんがそこにいるだけで感情を抑えきれない。

　ふたりは私を見たままなにも言わない。私はうつむいて

涙を隠した。

「菜摘……ごめん。俺やっぱバカだわ。ごめんね……」

　必死に首を横に振る。

　謝るのは私のほうだ。

　未来がない恋だとわかっていたのに。最低なことをして
いるとわかっていたのに。

　大ちゃんも苦しんでいることに気づいていたのに、自分
の気持ちにとらわれて引き止めていた私が悪い。

「……呼び出したりしてごめんね。菜摘ちゃんだけ責める
のは間違ってた」

　涙が止まらない。泣きたくなんかないのに。

「……許すから」

　お願い。その先を言わないで。

　殴られたっていい。許してほしいなんて思ってない。最
低だって、おかしいって、どんな言葉も受け入れるから。

　だから……なによりも恐れていた台詞を、言わないで。

「もう二度と、大輔と関わらないで」

　それだけ言うと、真理恵さんはエンジンをかけて私の家
へと車を走らせた。

　そして、最後にひと言。

「さよなら」

　そう、言い残して去っていった。

　大ちゃんと目が合うことは、一度もなかった。

終わり

　家に帰って自分の部屋に入った瞬間、また涙が溢れた。

　もう終わりなんだね。もう会えない。

　違う、もう会わない。今度こそ、本当に終わり。

　わかっていたことでしょう？

　それなのに、どうして涙が止まらないんだろう。

　それはとても簡単なこと。

　大ちゃんへの、すごくすごく、大きな気持ち。2年間育ち続けた、とてもとても、抑えることなんてできない想い。

　知らなかったな。〝愛してる〟って綺麗なことだと思っていたのに、こんなにも苦しい。

　わかってた。ふたりの未来がどうなるかなんて、痛いほどよくわかってた。

　でも、もう終わりにしようって、ふたりで決めたかった。そんなことできないくせに、終わりを告げるのは自分だと思ってた。

　……違う。それができないから、それが怖かったから、本当に覚悟ができる瞬間まで待ってほしかった。

　もう少しだけ、もう少しだけって、そればかり考えていた。こんな終わり方だなんて思っていなかった。

『もう二度と、大輔と関わらないで』

　一番言われたくなかった台詞を、一番言われたくなかった人に突きつけられた。

　なによりも恐れていたことがこんなに突然訪れるなんて、思っていなかったのに。私が怖かったのは、大ちゃんを失うことだけだったのに。

　涙が枯れてしまうんじゃないかと思うくらい、たくさん泣いた。

　それでもやっぱり涙は枯れない。それはまるで、大ちゃんへの想いのようで。

　どんなに溢れても、何度「これ以上はない」と思っても、決して尽きることはない。

　どうしてだろう。どうしてこんなにも溢れてくるんだろう。

　……いったいどうしたら、とめどなく溢れてくるこの涙も想いも、止まってくれるんだろう。

　どれだけ泣いていただろう。

　メッセージを知らせる短い音が部屋に響いた。

　涙でぐちゃぐちゃになった顔を上げて、床に放り投げてあったスマホを手に取った。

「大ちゃん……」

　画面には間違いなくその名前が表示されていた。

　どうして？　真理恵さんと一緒じゃないの？

　本当に大ちゃん……？

　大ちゃんから連絡がきたのに、見るのが怖い。ちっとも嬉しくなんてなかった。こんなの初めてだ。

　なんて書かれているんだろう。読みたい。読みたくない。

こんな矛盾を、今まで何度感じただろう。

　でも、大ちゃんから連絡がくるのは……きっと、本当に
これが最後になる。

　流れ続けている涙を手の甲でぐしゃぐしゃと拭いて、大
きく深呼吸をする。

　けれど、そんなことをしても無意味だとすぐにわかった。

　内容を見て、私は今まで以上に泣くことになるんだから。

《菜摘、今日はごめんね。ありがとう。

俺バカだから、自分のことしか考えてなかった。

菜摘とちゃんと向き合いたいって、本当に思ったんだ。

もう会えないって言った時、彼女に別れ話したんだ。けど
別れられなかったから、もう会えないと思った。今は言え
ないけど、彼女とはいろいろあったから。別れたのも、本
当はただの喧嘩じゃないんだ。あの時ちゃんと言えなくて
ごめん。

でもバカなりに、普段使わない頭使ってめちゃくちゃ考え
てみたら、こんな中途半端な状態で菜摘と付き合ったりで
きなかった。傷つけるだけだと思ったから。

それでもやっぱり、菜摘がいなくなるなんて考えられな
かったし、俺には菜摘が必要だったんだよ。

俺こんなんだから、信じてくれるかわかんないし、信じら
れないと思うけどさ。中途半端なことばっかりして、迷惑
ばっかりかけて、振りまわしてごめん。

菜摘のこと好きっていうのは嘘じゃないよ。本当に好きだ

よ。世界で一番愛してる。俺にとって、初恋だった。

俺嘘つきだけど、これだけは信じてください。

菜摘とは違う形で、ずっと一緒にいたかった。

でも、今さらそんなの無理だったんだよね。バカで本当ごめん。

今まで本当にありがとう。

元気でね。バイバイ》

　読み終わった時、私は声を出して泣いた。

〝バイバイ〟

　初めて大ちゃんに言われた、なによりも聞きたくなかった言葉。

　次に繋がることのない、終わりを意味する言葉。

　大好きな大ちゃんの、大好きな大好きな〝またね〟は、もう聞けないんだね。

　本当に終わりなんだ。さよならなんだね……。

　涙が止まらない。優しい笑顔で頭をなでてくれる人は、もういない。「泣き虫」って言いながら、笑ってくれる人も……もういない。

　ねぇ、ラベンダー畑に連れていってくれるんじゃなかったの？　私がいなくなるなんて考えられないんじゃなかったの？

　私が必要だって言ってくれたじゃん。『世界で一番愛してる』って、言ってくれたじゃん。

　ずっと好きでいるって約束したもん。

忘れられない。忘れたくないよ。

どうして。どうして。どうして。

いい加減ちゃんとしなきゃいけない。わかっているのに、私は返信することも、大ちゃんの連絡先を消すこともできなかった。

さよならを言わなきゃ。

でも言えない。引き止めてしまうから。

言いたいことがたくさんある。

でも言わない。気持ちが溢れてしまうから。

大好きだったよって、最後に伝えたい。

でも伝えない。まだ過去にはできないから。

こんなに好きなのに、会いたいのに。大好きな大ちゃんの大きな手で、頭をなでてほしいのに。抱きしめてほしいのに。大好きな笑顔を、ずっと見ていたかったのに。

ずっとずっと、何度でも、〝またね〟って言ってほしかったのに。

もう、会うことはないんだ。

でも、大ちゃんは最後に、本当のことを言ってくれた。

信じるよ。嘘つきな君を信じるよ。

だから……またいつか、偶然でも会えたなら。その頃には、過去にできているなら。

どうか、その時に伝えさせてね。私が伝えられる、精いっぱいの想いを。

〝今まで本当にありがとう〟

〝世界で一番、愛してた〟
　だから──さようなら。

真実

　大ちゃんと最後に会った日から5ヶ月が経ち、もう季節
は冬になっていた。

　雪が積もっていて、あたりは一面、銀色の世界。

　雪ってどこか寂しい気持になる。

　2年前の冬は、大ちゃんの弱さを見た。

　1年前の冬は、温めてくれた。

　こんな寂しい冬の日には、大ちゃんはいつもそばにいて、
手を握ってくれた。

　学校帰りにひとりでトボトボ歩いていると、私の前にハ
ザードをつけた車が止まった。

「おーい！」

　運転席の窓が開いて、中から顔を覗かせる。

「植木くんじゃん！」

　雪が降っていたから、ラッキーと言わんばかりに乗り込
んだ。

　植木くんとは卒業後もちょくちょく会っていたから、積
もる話もなく普通に話していると、植木くんが突然言った。

「そういや菜摘、山岸と会ってねぇの？」

　その名前に全身が反応する。

「え……会ってないよ。なんで？」

　必死に平静を装ってはみたけれど、少し声が震えた気が

した。

　冬でよかった。もし気づかれても、寒さのせいにできる。

「こないだ、山岸と真理恵の……あ、山岸の女な。ふたりの結婚式あったんだけど」

　……結婚式？

　本当に結婚したんだ。子供いるって言ってたもんね……。わかってはいたはずなのに、聞いてしまうとショックは大きい。

「山岸に、菜摘元気かって聞かれたんだよ。お前ら仲良かったから、会ってねぇのかなって気になってさ」

　大ちゃん……。

　菜摘のこと、気にしてくれてるんだ。

「あいつのこと呼び捨てしたりタメ口使ってる後輩、お前だけだったもんな」

「え？」

「あ？」

「え……嘘でしょ？」

「は？　なんで？　バスケ部めちゃくちゃ上下関係厳しかったぞ」

　そういえば、部活中に後輩と話している姿を何度か見た時、確かにみんな敬語だった。よく考えてみれば、運動部なんて上下関係が厳しいに決まってる。

　初めて話した時、「さん付けとか敬語とか慣れてない」って言ってたくせに。

　大ちゃん、やっぱり嘘つきじゃん……。

「……そっか。結婚おめでとうって言っといてね」

「いや、自分で言えよ」

　ハンドルを握りながら植木くんが笑う。

　言えるわけない。もう会えないんだから。

　植木くんはそんなことを知るはずもないのに、心の中で八つ当たりしてしまう。

「そういや、後ろにでかい封筒ない？　結婚式のパンフレットみたいなやつ入ってるよ」

　パンフレット？

　植木くんの言う通り、封筒が置いてある。

　怖いけど、見たい。どうしてだろう。たしかめなきゃいけない気がした。

「これ……借りていい？　見たい」

「ああ、いいよ。そのうち返せよ」

「うん、ありがと」

　なにか書いてあるかもしれない。

　真実を知りたい。私の中ではまだ、曖昧なことがたくさんある。

　植木くんに家まで送ってもらうと、すぐに封筒を開けた。

　手が震える。鼓動が速まる。でも、なにかわかるかもしれない。

　私は大きく深呼吸をしてそれを広げた。

　表紙には、大ちゃんと真理恵さんの大きなツーショット写真が貼ってあった。

　次のページには、ふたりが子供の頃からの写真や、友達との写真やプリクラが一面にぎっしり。次のページをめくると、出席者の名前。

　そして、その上には……。

『新郎　山岸大輔　新婦　塚本真理恵』

　目の前にある文字がぐわりと歪んだ。こらえても無駄なことはもうわかっているから、手を止めずにページを開く。

　その次のページには、大ちゃんと真理恵さんと、赤ちゃんの写真があった。とても小さい、産まれて間もない、しわしわの赤ちゃん。

　真理恵さんが、赤ちゃんを大切そうに抱いている。大ちゃんは隣で、あの優しい笑顔で微笑んでいた。

　すごく幸せそうな家族の写真。

　赤ちゃん、無事に産まれたんだ。

　でも、よく見てみると、赤ちゃんが小さすぎる気がする。そしてひとつ、疑問が生まれた。

　この写真、最近撮ったものじゃない……？

　写真の中の大ちゃんは少し幼いような気がした。

　日付を見ると、ちょうど1年くらい前だった。その写真の下には長い文章がある。

　一瞬ためらったけれど、その文章を読むことにした。すべてを知りたい。

　1年前、ふたりが高校生だった時に真理恵さんが妊娠した。悩んだ末、話し合って産むことになった。けれど臨月

を迎えることなく、赤ちゃんは超未熟児で産まれた。

　そして赤ちゃんは、産まれてすぐに真理恵さんの腕の中で、息を引き取った。赤ちゃんは天国へ行ってしまったけれど、ふたりはその悲しみを乗りこえ、結婚を約束した。

　読み終わった時、私は言葉を失っていた。パンフレットを持つ手がひどく震えていた。

　心臓がドクンドクンと激しく波打つ。

　1年前って──。

『山岸、あいつ最近学校来てねぇんだよ』

　駿くんが言っていた頃だ。こんなことがあったなんて。

　でも、それならすべて納得がいく。

『婚約してる』

『子供がいる』

　真理恵さんが言っていたのは、こういうことだったんだ。

　私が思っていたより、ふたりの絆は深かった。

『なんで別れてくんなかったの!?』

『他に好きな子いるって言えば済む話じゃん！』

　自分勝手なことばかり言って、自分の気持ちを押しつけて、大ちゃんを責めた。無神経なのは私のほうだった。

　それでも大ちゃんは、いつだって私を支えてくれた。そばにいてくれた。

　まるで夢だったんじゃないかと思うほど、甘く切なく、とても幸せな日々だった。

初めて会った日のこと。

再会した時、〝またね〟と言ってくれたこと。

公園でたくさんたくさん話したこと。

私の寂しさに気づいて抱きしめてくれたこと。

私に弱さを見せてくれたこと。初めて手を繋いだこと。

私を信じてくれたこと。

なにかあった時、いつも飛んで来てくれたこと。

抱きしめて〝大丈夫だよ〟って安心させてくれたこと。

夜景を見ながら〝好き〟って言ってくれたこと。

〝愛してる〟って言ってくれたこと。

全部全部、昨日のことみたいにハッキリと覚えてる。

世界で一番愛したその人は、世界で一番幸せな夢を見せてくれた。

世界で一番愛していると思える人に、たったの17歳で、出会うことができた。

これ以上の幸せは、きっと存在しない。

本当に、本当に、世界で一番、幸せだった。

……だから、もう一度。

神様と呼ばれる人がいるのなら、もう一度だけ、あの人に会わせてください。

どうしても伝えたいことがあります。伝えられなかったことがたくさんあります。

だから、もう一度だけ、会わせてください……。

最後の奇跡

——ねぇ、大ちゃん。

中学生の頃、ずっと思ってた。

奇跡だの運命だの、そんなものはない。

全部タイミングでできていて、たまたまタイミングがよかっただけの話。

そんなことを思いながらも気にしていたのは、きっと私も願っていたからだと思う。

運命だと感じさせてくれる出会いを。すべてが奇跡だと感じさせてくれる人を。

大ちゃんと出会って、そんなものを信じたくなったんだよ。

〝またね〟

その言葉を初めて聞いたあの日から、私の世界は変わったんだよ。

大ちゃんもそうだったかな。

私と出会って、ほんの少しでもなにか変わったかな。

私ね、大ちゃんと過ごした2年間は、奇跡の連続だったと思ってる。

昔の私に言ってあげたい。

「もう少しで、運命の人と出会って、何度も奇跡が起きるよ」

——だからね。

　大ちゃんとなら、きっと、もう一度だけ奇跡が起きる。

　心のどこかで、そう信じてたんだよ。

　真実を知ってから数日後。

　学校帰りにみんなで寄り道をして、夜に解散してバス停へ向かった。

　雪が降っているとつい見上げてしまう。大ちゃんと出会ってから、私はいつの間にか、ただ呆然と雪を眺めるのが癖になっていた。

　きっと、大ちゃんのことを思い出すからだ。

　バス停に着いたものの、バスが来るまでまだ少し時間がある。寒さをしのぐため、先ほど通りかかったコンビニに寄ろうと踵を返した時だった。

　駐車場に1台の車が止まる。その車を見た瞬間、心臓がドキリと大きく音を立てた。

「……大ちゃん」

　車からおりようとしている、大ちゃんの姿が見えた。

　見間違えるわけがない。もう二度と会うことはないはずの、愛おしいあの人。

　奇跡だと思った。

　この奇跡を無駄にしてしまえば、本当にもう二度と会えない。

　足は自然と駆け出していた。

　心臓が、破裂しそうなほどに激しく脈打っていた。

　――『山岸さん！』

　あの日と、同じように。

「……大ちゃん！」

　──『ああ、うまかった子だ！』

「……菜摘？」

　そこには、なにひとつ変わらない大ちゃんの姿。

　もう一度だけ会いたいと願い続けた、愛してやまない人。

　たった数メートル走っただけなのに、考えられないほど息が上がる。目を見開いて固まっていた大ちゃんは、やっぱりすぐに笑顔を取り戻した。

「久しぶりだね。……元気してた？」

　久しぶりに見た、大好きな笑顔は相変わらず可愛くて、どこか切なかった。

「うん……久しぶり。元気だったよ」

　ずっとずっと、会いたかったよ。

　12月なのに、雪が降っているのに、全身が熱い。

　焼けたように熱い喉のせいか、かすれた声しか出ない。

「……大ちゃん、ちょっと話せない？」

　最後に、ずっと伝えたかったことがあるの。

「……うん。仕事までまだ時間あるし、話そっか」

　ありがとう。少しだけだから。

　最後に、伝えさせて。

　大ちゃんの車に乗る。

　あの頃と変わらない甘い香りはとても懐かしくて、私の決意を少しだけ揺らがせた。

　自分から呼び止めたくせに、言葉がなにも出てこない。

　永遠に続くんじゃないかと思うほど長い沈黙の中、先に切り出したのは大ちゃんだった。

「……本当久しぶり。懐かしいね」

　小さく笑う、その姿も変わってない。

「……５ヶ月ぶりだもんね」

「だな」

　５ヶ月って長いのかな。短いのかな。

　わからないけれど、私にとってはとてつもなく長かった。ずっとずっと、もう一度だけ会いたいと願っていたから。

　もともと端っこに止めてあった車の中には、あまり街灯の光が届かず、車内は暗い。

「でもやっぱり、お前変わんないね。落ち着く」

　私もだよ。あんなにうるさかった心臓が、もう落ち着いてる。

　ああ、好きだな。やっぱり、大好きだな。

　ずっとずっと、このままでいられたらいいのに。

　大ちゃんと会う度にそう思っていた。時間が止まってくれたらいいのにって、何度も何度も思っていた。

　もう少しだけ。もう少しだけ、一緒にいたい。大ちゃんといたら、どうしてもそう願ってしまう。この２年間、私はずっと、この位置にしかいられなかったから。

　でも時間は止まらない。必ず進んでいく。

　だから、ちゃんと言わなきゃいけない。

「……あのね。私……全部知ってるよ」

「全部って？」

　膝の上で拳を握りしめる。

「……大ちゃんが言ってた、いろいろ」

　結婚式のパンフレット見たから、とつけ足すと、大ちゃんは「そっか」とつぶやいた。

「……この５ヶ月間ね、いろんなことがあったんだ」

　大ちゃんが小さく反応する。

　たくさん泣いた。どうしたらいいのかわからなくて、現実逃避もした。笑えなくなったこともあった。

「じゃあ……俺のこと忘れてた？」

　大ちゃんを忘れる？

　そんなのありえない。あるわけがない。

「忘れてないよ。忘れるわけないじゃん」

　絶対に忘れない。大ちゃんを忘れた日なんて１日もなかった。

　大ちゃんを想った日々も、大ちゃんがくれた言葉も、絶対に忘れない。

「そっか。よかった。……俺もさ。菜摘のこと忘れた日なんてなかったよ」

　本当に……？　私バカだから信じちゃうよ。

「これからも、一生忘れない」

　目を細めて、私の頭にそっと手を乗せる。その笑顔はとても切なくて、優しくて……涙が溢れた。

　君がいつも笑っていてくれたから、私はいつも笑顔にな

れた。

　寂しい時も、苦しい時も、君の笑顔に救われた。

　ずっと願っていた、心のどこかで信じ続けていた奇跡が、もう一度起きた。

　もうじゅうぶん。きっと前に進める。だから、伝えるよ。

　ずっとずっと、伝えたかったことを。

　最後に——後悔しないように。

「私ね、本当に大好きだったよ」

「うん……ありがとう」

「本当に幸せだった」

「うん……」

　大ちゃんをしっかりと見たいのに、涙が邪魔をする。涙を止める術は相変わらず見つからない。

　いつだって、大ちゃんが止めてくれたから。笑顔にしてくれたから。

「あんなに人を好きになったの初めてだった。大ちゃんだからだよ」

　うまくしゃべれてるかな。涙で大ちゃんの顔が見えない。

「今まで本当にありがとう」

　大ちゃん、困ってるかな。

　ううん……大ちゃんなら、きっと笑ってくれてる。

「世界で一番愛してた」

　本当に愛してた。だから——。

「だから……」

〝さようなら〟

出かけた言葉をぐっと飲みこんだ。

本当に伝えたいことは「さよなら」なんかじゃない。もっともっと、大切なことがある。

「またいつか……何年もたって、うちらがもっと大人になってさ。私も結婚して、お互い子供もいたりして。いつか『懐かしいね』って『そんなこともあったよね』って、笑って話せるようになったら……また会いたいな。何年かかるかわかんないけど、また会いたい」

わかってる。大ちゃんに会うのは、きっとこれが本当に最後になる。たとえまた奇跡が起こっても、もう追いかけてはいけない。

〝最後になる〟んじゃない。前に進むために、〝最後にしなきゃいけない〟んだ。

「だってうちらさ、なんか切っても切れない縁じゃん？……運命だし」

もう自分の気持ちだけで引き止めたりしない。

大ちゃんの幸せを、誰よりも願ってる。その幸せを育んでいく相手は……きっと私じゃない。

だから、笑ってさよならをしたかった。お互いが前に進める約束を、したかった。

「……うん。約束する」

涙は止まらないけれど、大ちゃんの顔を見なきゃいけないと思った。最後に、ちゃんと、大ちゃんの姿を目に焼きつけておきたい。

顔を上げると、大ちゃんは大きな手で顔を覆っていて。

手の隙間から流れる、街灯に照らされたひと筋の光。

——大ちゃんの、涙。

ごめんね。

大ちゃん、ごめんね。

たくさん悩ませてごめんね。

たくさん苦しませてごめんね。

泣いてばかりでごめんね。

泣かせてごめんね。

最後に大ちゃんの涙を見れたこと、嬉しく思ってごめん
ね。

……大好きだよ、大ちゃん。

「約束だよ」

　小指を差し出すと、大ちゃんが小指を絡める。

　指切りをした。

「俺嘘つきだけど……この約束は絶対守りたい」

　大ちゃんも、きっとわかってる。

　これが本当のさよならだということも、私の最後の嘘も、
私の想いのすべても。

　絡めた小指をほどき、そっと手を重ねる。

　それはケジメであり、言葉にならない想いのすべてであ
り、今の私たちにとって最大の愛情表現だった。

　大ちゃんの手は、相変わらず冷たいけれど。

　今までで一番、温かかった。

「じゃあ……元気でね」

「うん」

　重ねた手を離すと、その手は、とても自然に私の髪に触れた。

　とても、自然に。

「幸せになってね」

「うん。菜摘もね」

　ふたりの涙は流れ続けていたけれど、その涙も、ふたりを包む空気も、とても温かった。

「またね」

「うん。またね」

　〝さよなら〟は言わない。言いたくない。

　私はやっぱり、大ちゃんが言うその言葉が一番好きなんだ。

　だから、もう会えない君へ。

　私の最後の愛を。

＊＊＊

　ねぇ、大ちゃん。

　君は、私と出会ったことを後悔していますか？

　私はしていません。

　君に出会えて、本当に幸せだった。

　出会えてよかったと、君を愛せてよかったと、心の底からそう思えます。

　君に聞いたら、君はなんて答えてくれるかな。

〝俺も菜摘に出会えてよかったよ〟

　そう言ってくれたらいいな……。

　生まれ変わっても、また、君に出会いたい。

　だって、私と君の出会いは、偶然ではなく、必然だった。

　奇跡ではなく、運命だった。

　ただ……結ばれない運命だったんだね。

　自惚れだと思われてもいい。あの時──。

『世界で一番愛してる』

　ふたりは確かに両想いだった。

　ふたりにしかわからない、ふたりだけの世界があった。

　ふたりにしか感じることのできない、ふたりだけの想いがあった。

　私は、そう信じています。

　生まれ変わっても、きっとまた、ふたりは出会うはず。

　そしたら、また言ってくれる？

　優しい笑顔で、優しい声で、優しい手で、〝またね〟って、聞かせてくれる？

　聞かせてね。

　ひとつだけ気になることがあります。

君は今、幸せですか？

お願いだから、苦しまないでね。悲しまないでね。

幸せでいてね。笑っていてね。

辛い時は誰かに頼ってね。

いつか願ったこと。

『時間を戻してください』

今は違う。

どうか、どうか。

君がずっと笑っていられますように。

君が世界で一番幸せになれますように。

いつも笑っていてほしいよ。

君にはやっぱり、笑顔が一番似合うから。

この先、どんな出会いがあろうとも、私は君を忘れません。

君のすべてを、決して忘れません。

誰よりも幸せになってね。

君の幸せは、私の幸せに繋がる。

今ならそう思えるから。

私の願いはこれだけです。

それじゃあ……。

〝またね。〟

END

a f t e r w o r d

あとがき

こんにちは。なあ（小桜菜々）と申します。

この度は、数ある書籍の中から『またね。〜もう会えなくても、君との恋を忘れない〜』を手に取っていただき、ありがとうございます。

本作は3度目の書籍化になるのですが、いつも応援してくださっている読者様のおかげに他なりません。本当にありがとうございます。優しい読者様に恵まれてとても幸せです。

そしてそして、若かりし頃の私が彼への想いをぶちまけたいがために書き殴っただけの処女作を3度も書籍化してくださった出版社の皆様にも、心より土下座級の感謝を申し上げます。

さて。

この物語を初めてサイトに投稿したのは、私がまだ高校生の頃でした。小説を書いたことなんてなく、読んだことすらほとんどなく、右も左もわからないまま、頭の中にあるものをただひたすら書き綴ったことを覚えています。

今回書籍化のお話をいただいたとき、本当はめちゃくちゃ書き直そうと思っていたんです。

今までありがたいことにたくさんの感想をいただいたのですが、中には厳しいご意見も多々ありました。それは間

違いなく正論で私自身も「確かになあ」と納得することが
多かったし、そういったご意見も踏まえてもうちょっとマ
イルドな内容にしようかなと。

　でも、やめました。

　最初に書いてあるんですよね。『これは感動的な純愛物
語なんかじゃない』『決して綺麗じゃない』『誇れるような
恋じゃない』って。サイト版のあとがきには『この物語は
批判される方のほうが多いと思う』とまで書いてありまし
た。

　ああ、当時の私もわかってたんだな、それでもこの恋を
形にして残したかったんだな。そして、同じく叶わない恋
をした方、している方に、少しでもなにかメッセージを残
したかったんだな、と思い出したんです。

　きっと、『物語』として割り切って、脚色しまくって、
感動的な純愛物語にしようと思えばできたと思うんです。
でも素直に書くことを選んだ。汚くて自分勝手でわがまま
で最低な自分をさらけ出すことを選んだ。そんな当時の自
分の気持ちを大事にしたくなりました。

　それに、この物語を書くことができたのは、高校生だっ
たから、現在進行形で彼のことが好きだったからで。今の
私が変えちゃうのはもったいないような気持ちにもなりま
した。

　そしてなにより、そんな物語を『好き』だと言ってくれ
る方がいる。こんなに嬉しいことはありません。だから、
形はそのままに残しました。

afterword。

　ただ今回は一度読んだことのある方にも少しでも楽しんでいただければと思い、情景描写だったり菜摘と大輔の会話だったり、背景をところどころ加筆しました。

　当時の私がまだ言葉にできなかった、ただ漠然と感じていた大輔の寂しさやちょっと不思議な雰囲気などを感じ取っていただければ幸いです。

　ただ真っ直ぐに、一生懸命に恋ができるって、とても素敵なことです。なにがあっても諦められないなんて、どんなに傷ついてもどうしても好きなんて、年齢を重ねるにつれて難しくなってしまうような気がします。いつの間にか自分を守る術を身につけていたのかもしれません。

　少なくとも私はそうでした。あんなに必死に、感情のままにがむしゃらに追いかけ続けたのは、彼が最初で最後だったように思います。

　そんなに好きになれる人と出会えるって、本当に素敵なことだと思うんです。だからこそ、初めて書いたときからずっとこの物語に込めていた『好きという気持ちを大切にしてほしい』という思いがより強くなりました。

　恋って楽しいばかりじゃないですよね。苦しいことだってたくさんたくさんありますよね。

　でも、今がどんなに苦しくても辛くても、出会えてよかったと、好きになってよかったと思える日がきっと来ます。乗り越えられる日が、前に進める日が、また恋ができる日

がきっと来ます。

　だから、どうか、自分の中にある〝好き〟を否定しないでほしい。その気持ちを大切にしてほしい。それが、ずっと変わらない、私の願いです。

　では、長くなりましたが、最後に。

　毎回あとがきに書いているのですが、今回もまた書きますね。

　どうか、恋に立ち止まっている人たちが、恋に苦しんでいる人たちが、恋をすることを恐れている人たちが、みんな前へ進めますように。

　　　　　　　　　2021年9月25日　なあ（小桜菜々）

作・なあ

愛知県在住。小桜菜々名義でも活動をしている。性格はマイペース。趣味は愛犬とたわむれること。家でまったり過ごすのが好き。既刊『君にさよならを告げたとき、愛してると思った。』(スターツ出版・単行本) が好評発売中。現在は小説サイト「野いちご」にて活動している。

絵・山科ティナ(やましなてぃな)

漫画家、イラストレーター。
既刊に『#140字のロマンス』(祥伝社)、『アルファベット乳の、オモテとウラ。』(太田出版)、『ショジョ恋。①②』(主婦と生活社) など。

ファンレターのあて先

〒104-0031
東京都中央区京橋1-3-1
八重洲口大栄ビル7F

スターツ出版(株)書籍編集部 気付

なあ先生

新装版 またね。

~もう会えなくても、君との恋を忘れない~

2021年9月25日　初版第1刷発行

著　者　なあ
　　　　©Naa 2021

発行人　菊地修一

デザイン　齋藤知恵子

ＤＴＰ　朝日メディアインターナショナル株式会社

発行所　スターツ出版株式会社
　　　　〒104-0031 東京都中央区京橋1-3-1　八重洲口大栄ビル7F
　　　　出版マーケティンググループ
　　　　TEL 03-6202-0386（ご注文等に関するお問い合わせ）
　　　　https://starts-pub.jp/

印刷所　共同印刷株式会社
Printed in Japan

ISBN 978-4-8137-1153-7　C0193

ケータイ小説文庫　2021年10月発売

NOW PRINTING

『わるい熱はきみで秘して（仮）』雨あめ・著

親の都合で幼なじみの李々斗の家に同居することになった楓莉。イケメンでモテモテな李々斗は、ずっと楓莉が大好きだけど、楓莉は気づかない。そんな中、図書委員で一緒になった爽やか男子の吉川君に告白される楓莉。李々斗は嫉妬のあまり押し倒してしまって…！　刺激的な同居ラブ！

ISBN978-4-8137-1164-3
予価：550円（本体500円＋税10%）　　ピンクレーベル

NOW PRINTING

『極上男子は、地味子を奪いたい。④(仮)』＊あいら＊・著

元トップアイドルの一ノ瀬花恋が正体を隠して編入した学園は彼女のファンで溢れていて…！　暴走族LOSTの総長の告白から始まり、イケメン極上男子たちによる花恋の争奪戦が加速する。ドキドキ事件も発生⁉　大人気作家＊あいら＊の胸キュンシーン満載の新シリーズ第4巻！

ISBN978-4-8137-1165-0
予価：550円（本体500円＋税10%）　　ピンクレーベル